面　纱

The Painted Veil

[英] 毛　姆／著

田伟华／译

黑龙江科学技术出版社

图书在版编目（ＣＩＰ）数据

面纱 /（英）毛姆著；田伟华译. -- 哈尔滨：黑
龙江科学技术出版社, 2015.12
ISBN 978-7-5388-8679-5

Ⅰ.①面… Ⅱ.①毛… ②田… Ⅲ.①长篇小说—英
国—现代 Ⅳ.①I561.45

中国版本图书馆CIP数据核字（2015）第307697号

面纱
MIANSHA

作　　者　［英］毛姆
译　　者　田伟华
责任编辑　刘　杨
封面设计　尚上文化
出　　版　黑龙江科学技术出版社
　　　　　地址：哈尔滨市南岗区建设街41号　邮编：150001
　　　　　电话：（0451）53642106　传真：（0451）53642143
　　　　　网址：www.lkcbs.cn　www.lkpub.cn
发　　行　全国新华书店
印　　刷　三河市骏杰印刷有限公司
开　　本　880 mm × 1230 mm　1/32
印　　张　9.75
字　　数　220千字
版　　次　2016年3月第1版　2018年3月第6次印刷
书　　号　ISBN 978-7-5388-8679-5/Z·1289
定　　价　32.00元

"······被那些活着的人称为生活的华丽面纱。"[1]

"......the painted veil which those who live call Life."

---

[1] 出自雪莱创作的十四行诗《别掀起这华丽的面纱》。此句为该诗首句，原句为"Lift not the painted veil which those who live call Life"，译为"别掀起被那些活着的人称为生活的华丽面纱"。

自　序

　　写这个故事，是受了下面这几句但丁的诗的启发：

　　　　"喂，当你重返人间，

　　　　结束漫漫旅程的时候，"

　　　　第三个幽灵接着第二个幽灵的话说，

　　　　"请记起我，我是皮娅[1]。

　　　　锡耶纳[2]造了我，马雷玛[3]毁了我，

　　　　那个在娶我的时候，

　　　　第一次把宝石戒指戴上我手指的他，知道这事儿。"[4]

　　当时我正在圣托马斯医学院[5]实习，适逢复活节，我有六个

---

［1］皮娅，生于锡耶纳，嫁给奈罗为妻。奈罗怀疑她有奸情，将她杀死在马
　　雷玛的城堡中。

［2］意大利一城市。

［3］指意大利沿海附近的大片沼泽地。根据诗人但丁《神曲》的描述，这个
　　地方位于切齐纳和柯奈托之间。

［4］详见但丁《神曲》第二部分"炼狱（净界）"。

［5］创办于1215年的一所教学类的医院，位于伦敦中部。

星期的独享假期。把衣服装进手提式旅行包，20英镑装进口袋，我就出发了。我先去了热那亚和比萨，而后去了佛罗伦萨。在佛罗伦萨的劳拉路[1]上，我在一位与女儿同住的寡妇的公寓里租了间房子——食宿全包（讨价还价了半天人家才答应），每天的费用为四个里拉，站在窗边能看到大教堂那漂亮的圆顶。恐怕她从我身上赚不到什么钱，因为我食量巨大，不费吹灰之力就能吞下一大堆通心粉。这位寡妇在托斯卡纳山中拥有一座葡萄园。据我回忆，她用自家葡萄酿造的勤地酒[2]是我在意大利喝过的最好的葡萄酒。她的女儿每天都会给我上一节意大利语课。那时候，我觉得她是个成熟的女子，可我并不认为她的年龄超过二十六岁。她有过不幸的过去。她的未婚夫是位军官，在阿比西尼亚[3]被杀，从此以后，她便一直守身未嫁。不难想象，等她母亲一死（这位胸部丰腴、满头灰发、生性活泼的女士，不到亲爱的上帝觉得时机合适的那天是不会死的），艾尔西丽娅便会皈依宗教。不过她却满心欢喜地盼着这一天的到来。她喜欢大笑。吃午饭和晚饭的时候，我们总是很快乐，不过授课的时候她就变得严肃了。每当我脑袋糊涂或者不专心听讲的时候，她总是用一把黑尺子敲我的指关节。倘若这件事没有让我想起以前曾在书中读到过的那种小学教员并让我哈哈大笑的话，我定会为自己被当作小孩子对待而愤愤不平。

我过得很辛苦。每天我都要先翻译易卜生某部戏剧中的几页，

---

[1] 原文为"via Laura"，"Laura"这个词在英语中有修道院的意思。事实也的确是这样，劳拉路两旁确实有很多著名的修道院。

[2] 意大利本地产的一种干红葡萄酒。

[3] 埃塞俄比亚旧称。

为的是熟练掌握技巧，不费力地写对话；然后，手里拿着罗斯金[1]
的著作去欣赏佛罗伦萨的风光。根据书中所授观点，我对乔托[2]负
责设计和建造的钟楼及吉贝尔蒂[3]建造的青铜大门赞赏有加。我先
是对乌菲茨美术馆[4]内的波堤切利[5]的作品表现出了相当的兴趣，
而后将偏激青年那对谁都不屑一顾的肩膀转向了大师不喜欢的那些
作品。吃过午饭，上完意大利语课，我会再次出门，去参观教堂，
沿着亚诺河一边做白日梦一边漫游。晚饭过后，我会出去探险，或
许是因为我单纯，或许是因为害羞，反正每次回来的时候我的贞操
都跟出门时一样完好无损。尽管房东太太给了我一把钥匙，可每次
听到我进门，把门闩好之后，她都会如释重负地叹口气，因为她总
担心我把这事给忘了。回来之后，我便接着研读归尔甫派和吉伯林
派斗争的历史[6]。我痛苦地意识到，浪漫时期的那些作家不是这么
干的，尽管我对他们当中是否有人曾靠着20个英镑想方设法在意大
利过六个星期这种事心存怀疑。我过的是一种清醒而勤勉的生活，

---

[1] 约翰·罗斯金（1819—1900），英国艺术评论家、社会改革家，推崇哥
特复兴式建筑和中世纪艺术，捍卫拉斐尔前派的艺术主张，反对经济放
任主义。著有《近代画家》《建筑的七盏明灯》和《时与潮》等。

[2] 乔托（1267—1337），意大利文艺复兴初期画家、雕塑家、建筑师。

[3] 吉贝尔蒂（1378—1455），意大利文艺复兴初期雕塑家，早年曾学习金
饰艺术，以制作取材于《圣经》故事的佛罗伦萨洗礼堂青铜大门的浮雕
而著称。

[4] 佛罗伦萨市内历史最悠久、最有名气的一座艺术博物馆。

[5] 波堤切利（约1445—1510），意大利文艺复兴时期的画家。他运用背离传
统的新绘画技巧，创造出富于线条、节奏且擅长表现情感的独特风格。代
表作有《春》《维纳斯的诞生》等。

[6] 中世纪意大利的两个宗教派别，彼此间相互斗争。

我喜欢这种生活。

《地狱》我早读过了（读的是翻译本，碰到生词我总是认真地查字典），所以艾尔西丽娅便从《炼狱》教起。在教到上面我引述的那一段时，她告诉我皮娅是锡耶纳的一位贵妇，她的丈夫怀疑她与别人通奸，但因考虑到她的出身，不敢杀死她，便把她带进了他在马雷玛的城堡。他确信那里的毒气会将她毒死，却没想到，她过了很长时间都没死。他变得越来越不耐烦，便把她扔到了窗外。我不知道这件事是艾尔西丽娅从哪里听来的，据我所知，但丁不会把故事描写得这么详细，但基于某种原因，这个故事却让我很中意。我在脑子里把这个故事想了又想。很多年来，我不时在脑子里把它想上两三天。我常常在心里对自己重复这句"锡耶纳造了我，马雷玛毁了我"。但它只是我脑子里众多题材中的一个，于是有很长一段时间，我把它忘了。毫无疑问，我把它当现代故事看待了，却想象不出在当今世界中这些事件有可能会发生的一个背景。直到在中国进行了一次漫长的旅行之后，我才发现了这样一个背景。

写这部小说的时候，我先想到的是故事而不是人物，我觉得这是唯一一部我这么写的小说。人物跟情节之间的关系很难解释。人物凭空想不好想，在你想的那一刻，总得想他身处的环境，他正在干什么；这样一来，人物连同其主要行为才像是想象力同步行动的结果。但这一次，我是先把故事慢慢构思好，然后再挑选合适的人物的；这些人物是我根据很久以前在不同的环境中认识的那些人创造出来的。

这本书让我遇到了一些作家可能会遇到的麻烦。起初，我把故事的男主人公称作雷恩，挺普通的一个名字，但在香港似乎有几个叫这个名字的人。这几个人向法院提起了诉讼，连载这部小说的杂志的老板赔付了人家250英镑才算了事，我也把名字改成了费恩。然后，殖民大臣助理觉得自己受了诽谤，威胁说要提起诉讼。这让我觉得很吃惊，因为在英国，人们可以把首相写进剧本，或者把他用作小说中的人物。碰到这种事，坎特伯雷的大主教、大法官，或者身居此类高位的人都会面不改色。让我觉得奇怪的是，这个暂居卑职的人竟觉得此书针对的是他。不过，为了免去麻烦，我把香港换成了一个虚构出来的叫作清延[1]的殖民地。此事发生的时候此书已经出版，因此只能被召回。某些收到此书的精明的评论家以这样或那样的托词拒绝把书退回来。如今这些书产生了书志学上的价值，我觉得现存的大概有60本，都被收藏家花高价买去了。

---

[1] 此书中清延已改为香港。关于香港是英国殖民地的说法，只是英国人的观点。虽然英国在香港实行的是典型的殖民式统治，但中国政府不承认香港属于殖民地性质。1972年第27届联合国大会决议规定，香港不属于殖民地范畴，属于中国主权问题。

目 录

Chapter 01

她惊叫了一声。

"怎么了？"他问。

屋里拉着百叶窗，光线很昏暗，可他还是能看到她脸上因恐惧而突然出现的慌乱。

"刚刚有人推了一下门。"

"呃，是女佣吧，要么就是哪个男仆。"

"他们绝不会在这个时候来。他们都知道我吃过午饭总要睡一觉。"

"那会是谁？"

"沃尔特。"她嘴唇颤抖着低声说。

她指指他的鞋子。他想把它们穿上，却因为被她的恐惧感染，变得紧张、笨手笨脚了；还有，鞋子偏偏又紧得不行。她不耐烦地发出一声轻微的叹息，把一个鞋拔子递给他，之后自己急忙穿上睡袍，光着脚，走到梳妆台前。她留的是短发，脖子后面的头发朝前弯起，紧贴脸颊的那种。她拿起一把梳子，把乱的地方整理好，这时他才把第二只鞋的鞋带系好。她把他的外套递给他。

"我怎么出去？"

"最好先等一会儿。我隔着窗户朝外看看，没事的话你再走。"

"不可能是沃尔特。直到五点他才离开实验室呢。"

"那是谁？"

这会儿，他们小声说着话，她在发抖。他想到，一遇到紧急情况她就会失去理智。他突然很生她的气：既然这地方不安全，那她为什么偏要说是安全的呢？真该死！她屏住呼吸，将一只手放在他的一只胳膊上。他顺着她的视线望去。他们面对窗户站着，窗外就是走廊。窗户关着，百叶窗拉着。他们看到那个白色的瓷把手慢慢转了。他们没听到走廊上有谁在走动。把手仍然在悄无声息地动着，这情景可真吓人。一分钟过去了，还是没有声音。然后，他们看到另外一扇窗上的白色的瓷把手也开始鬼使神差地转了起来，也是那么鬼鬼祟祟、无声无息，令人不寒而栗。太吓人了，基蒂[1]终于受不了了，张开嘴就准备大叫。他一看大势不好，赶紧用手捂住她的嘴。就这样，她的叫声被闷在了他的手指间。

一片寂静。她靠着他，膝盖在抖，他担心她会晕倒。他皱着眉头，咬着牙，将她搀扶到床边，让她坐了下来。她的脸白得像纸，尽管他的面颊原本是黑褐色的，可这时也变得苍白了。他站在她身旁，困惑地盯着那个瓷把手。他俩谁也没说话。然后，他看到她哭了。

---

[1] 原文为Kitty，即凯瑟琳（Katherine）的昵称。

"看在上帝的分儿上，别这样，"他生气地小声说，"反正都这样了，咱们得硬撑下去。"

她寻找她的手帕，他看出了她的心思，便把她的包递给了她。

"你的遮阳帽呢？"

"放楼下了。"

"哦，上帝！"

"听我说，你得振作起来。刚刚绝对不可能是沃尔特。他怎么会在这个点儿回来呢？他中午从没回来过，对不对？"

"对。"

"我敢跟你打赌，赌什么都行，刚刚肯定是男仆。"

她露出了笑容。他浑厚的嗓音让她感到安慰，消除了她的不安。她拉过他的手，满怀深情地握着。他让她平静了一会儿。

"听我说，咱们不能总待在这儿。"他说，"你觉得能到走廊上看看吗？"

"我想我还站不起来。"

"你这儿有白兰地吗？"

她摇摇头。他皱皱眉，面色阴沉了下来，心里渐渐变得烦躁起来，却又不知道该怎么做。突然，她把他的手抓得更紧了。

"万一他在那儿等着呢？"

他强迫自己笑了笑，仍然保持着温柔、令人信服的声调。他很清楚这么做的作用。

"不可能。拿出点儿勇气来，基蒂。怎么会是你丈夫呢？他进来，看到一个陌生的遮阳帽，走到楼上，发现你的门锁着，肯定会大吵大闹一番的。肯定是哪个仆人。只有中国人才会那么拧把手。"

她觉得踏实多了。

"就算是女佣，这事也不太好。"

"实在不行就给她俩钱，把她收买了，要不就吓唬吓唬她。作为一名政府官员，没什么优越的地方，但终归还是能管点事儿。"

他说的肯定没错。她站起来转过身子，面对他，伸出胳膊；他抓住她的两只手，吻她的嘴唇。那是一种狂喜的吻，她都感觉有些痛了。她崇拜他。他放开她，她走到窗边，把门闩解开，又打开百叶窗朝外面看了看，结果连个鬼影都没有。她溜到走廊上，先朝丈夫的更衣室里望了望，又朝自己的起居室里看了看，发现都是空的。她回到卧室，朝他示意。

"没人。"

"我觉得这一切都是幻觉。"

"别笑。可吓死我了。你先去我的起居室坐一会儿，等我穿上袜子和鞋子。"

Chapter 02

　　他照她说的做了。五分钟后，她来了，而他正在吸烟。

　　"我说，能给我来点儿白兰地和苏打水吗？"

　　"没问题，我来叫。"

　　"事情搞成这样，我希望你没什么事。"

　　他们静静地等待着男仆送饮料来。她命令道：

　　"给实验室挂个电话，看沃尔特在不在那儿。"接着她又说，"他们听不出你是谁。"

　　他拿起听筒，要了号码。他问费恩博士在不在，稍候放下了听筒。

　　"吃过午饭他就不在了，"他对她说，"待会儿问问男仆，看他是不是回来过。"

　　"我不敢。他要是来过这儿，我又没看到他，那就太可笑了。"

　　男仆把饮料送进来了，汤森先喝了一些。他把她那杯递给她，她却摇了摇头。

"万一是沃尔特该如何是好？"她问。

"说不定他不在乎呢。"

"沃尔特？"

她的语调中透露出怀疑。

"在我的印象中，他一直是个很害羞的人。知道吗，有些人受不了当众出丑。他很清楚，把这种丢脸的事搞得沸沸扬扬对自己没什么好处。我绝不相信刚刚是沃尔特，即便是他，我也觉得他不会搞出什么乱子来。我认为他会装作不知道。"

她想了一会儿。

"他很爱我。"

"哦，那就更好办了。哄他一下。"

他又冲她笑了笑。他的笑容很有魅力，让她无法抗拒。那是一种舒缓的笑，先从他那清澈的蓝眼睛开始，然后再传输到他那有型的嘴巴，直到能看出他在笑。他拥有一口小、白且匀称的牙齿。那是一种非常性感的笑，它使她的心都融化了。

"我才不那么在乎呢，"她说，语气中带有一丝快乐的情绪，"我心甘情愿。"

"是我的错。"

"你为什么要来？见到你我大吃了一惊。"

"我情不自禁。"

"亲爱的。"

她又向他身上靠了靠，用一双乌黑闪亮的眼睛深情地注视着他的双眸，嘴巴微微张开，透露出渴望，而他伸出胳膊抱住了她。她发出一声愉悦的娇喘，顺从地倒进他的怀里。

"知道吗，我永远是你的依靠。"他说。

"跟你在一起我感觉很快乐，我希望你也能像我一样快乐。"

"你不再怕了吗？"

"我讨厌沃尔特。"她答道。

他无言以对，就吻了吻她。她用自己柔软的脸紧紧贴着他的脸。可是，他却拉过她那戴着一块小巧的金表的手腕，看了看时间。

"猜猜现在我该干什么了？"

"逃跑？"她笑着问。

他点点头。一瞬间，她把他缠得更紧了，但感觉到他执意要走，也就放开了。

"放着好好的工作不做，却跑到我这儿来做这种事，真是不像话。走吧。"

他永远无法抗拒这种打情骂俏的诱惑。

"你好像巴不得要赶我走。"他漫不经心地说。

"你知道我不想让你走。"

她的话深情而认真。他满意地哈哈大笑起来。

"别再因为那位神秘的访客，折磨这漂亮的小脑瓜啦。我敢打包票，刚刚肯定是女佣。要是真有什么麻烦，我保证帮你搞定。"

"你有很多这样的经验吧？"

他笑得很顽皮又很得意。

"哪有，不过我倒是很满意自己肩膀上扭动的这个脑袋。"

Chapter 03

　　她出了屋，来到走廊上，注视着他离开。他朝她挥了挥手。在望着他的时候，她心里感到一阵激动——他四十一岁了，但身体还是那么柔韧，脚步轻盈得还像个小伙子。

　　黄昏降临，走廊上暗了下来；她的心得到了爱的满足，她慵懒地在那儿徘徊着。他们的房子坐落在欢乐谷，在山的一侧。山顶上的房子倒是更称心如意，却要贵很多，他们付不起。她对那蓝色的大海和拥进港口的人们总是心不在焉，她想的只有她的情人。

　　毫无疑问，那天下午他们做的事真是蠢透了，不过如果他想要她，她又怎么会顾虑那么多呢？午饭后，他来过两三次，那是一天中正热的时候，没人愿意出来晃荡，甚至连男仆都没注意到他出入过。在香港，做这种事很困难。她厌恶中国的城市，走进维多利亚大道旁边那栋肮脏的小房子时，她总是紧张得不行，而那里是他们幽会的地方。房子的主人是一位古董商。房子周围坐着的那些中国人，总是不怀好意地盯着她看；她讨厌那个领她到店铺后头，走上一组黑乎乎的楼梯的老头子的诌笑。他领着她走进的那间屋子恶臭难闻，而靠墙放着的一张大木板床让她不寒而栗。

"真是脏透了，不是吗？" 第一次跟查理在那儿幽会的时候，她对他说。

"你进来就好了。"他回答说。

当然了，在他将她拥入怀中的那一刻，她确实把什么都忘了。

哦，真讨厌，她不自由，他俩都不自由！她不喜欢他的妻子。这会儿，基蒂的思绪又飘到了多萝西·汤森身上。真不幸，竟然叫多萝西！多老土啊！她至少38岁了。可是，查理从未说起过她。当然，他根本不爱她，她让他烦得要死。可他是位绅士。基蒂带有深深讥讽意味地笑了笑：这就是他，愚蠢的老家伙。尽管他对她不忠，但他从不允许自己说出哪怕是一句讽刺她的话。她是个高个子，比基蒂还要高，既不胖也不瘦，留着很漂亮的浅棕色头发；其实她身上没什么漂亮的地方，只是年轻；她的五官长得还不错，只不过不是那么出众；还有，她那双蓝眼睛很冷。她的皮肤你绝不会想看第二次，双颊没有一丝血色。她穿得就像——呃，就像她自己，香港殖民大臣助理的妻子。基蒂笑了起来，双肩也微微耸了一下。

当然了，谁也不能否认多萝西·汤森的嗓音很好听。她是一位出色的母亲，查理总提起这点；还有，基蒂的母亲称她为"贵妇"。但基蒂不喜欢她。她不喜欢她那种冷漠的态度；还有，去她家喝茶或赴宴时，她表现出的那种礼貌也总叫人感到恼怒，因为你从中觉察不到一丝一毫的热情。基蒂觉得原因就是她只爱她的孩子：她有两个儿子在英国读书，还有一个孩子，六岁了，也是男孩，明年也要送回英国。她的脸就是一张面具。问她什么话的时

候，她总是笑着回答，显出一副很有礼貌的样子，可是在她全部的
"热情"中，你感觉到的却是一种冷漠。在香港，她有几个密友，
她们都很佩服她。基蒂纳闷，汤森太太是否想过其实自己是有点儿
普通的呢。她不禁脸红起来。归根结底，她的确没什么可炫耀的。
她的父亲做过港督，在职期间的确也很风光——进屋的时候，旁人
都要站起来；上车的时候，大伙儿都要脱帽致敬——可退休之后
呢？再没有谁比退休的港督更卑微了。现如今，多萝西的父亲正靠
着退休金在伯爵宫[1]的一栋小房子里度日。基蒂的母亲也觉得，
去拜访这样一个女人，肯定会无聊透顶。基蒂的父亲，名叫伯纳
德·贾斯汀，是英国王室的一位法律顾问，有朝一日必然会成为一
位法官。不管怎样，他们可是住在南肯辛顿[2]的。

---

[1] 伯爵宫，位于肯辛顿–切尔西皇室区内的一个地方。

[2] 南肯辛顿，位于肯辛顿–切尔西皇室区，西距伦敦市中心查令十字路口
4.6公里。

Chapter 04

　　基蒂结婚后就来到香港，她发现自己很难接受她的社会地位是由丈夫的职业决定的这个事实。当然了，这里每个人对他们都很友好。两三个月来，他们几乎每个晚上都去参加派对；在总督官邸吃饭时，总督总把她作为新娘引荐给客人们；但她很快便明白了，作为细菌学家的妻子，她是那么微不足道。这让她颇为恼火。

　　"真荒唐，"她对丈夫说，"为什么？这儿连一个愿意去咱们家、让咱们麻烦五分钟的人也没有。让他们中的随便哪一个去咱们家做客，这样的事妈妈连想都不敢想。"

　　"你不必担心，"他说，"你知道的，这种事真的没那么重要。"

　　"当然不重要啦，这只能说明他们是多么愚蠢！可是想想真是滑稽，以前去咱们家的人那么多，而在这儿却被人家像垃圾一样对待。"

　　"从社会的角度看，科学家是不存在的。"他笑着说。

　　现在她知道这一点了，却是在结婚后才知道的。"真可笑，我竟然不知道自己是被半岛东方轮船公司[1]的代理人带去赴宴的。"为了不让自己说出的话听上去那么势利，说完她就哈哈大笑起来。

　　或许他察觉到了她暗藏在轻松话语背后的责备，便拉过她的手，害羞地握了握。

　　"真对不起，亲爱的基蒂，不过可千万别为这事烦心。"

　　"哦，我不会的。"

---

[1] 半岛东方轮船公司，国际上最重要的物流公司之一，成立于1837年，总部位于伦敦，1843年，公司在香港设立办事处。2006年，公司被迪拜环球港务以39亿欧元的价格收购。

Chapter 05

那天下午不可能是沃尔特。肯定是哪个仆人，说到底，这些人无关紧要。反正这事中国仆人早就知道了，但他们会管好自己的嘴巴。

一想到那只白色的瓷把手慢慢转动的样子，她的心跳就会加速。他们俩再也不能冒这样的险了。去古董店里要更保险些，因为看到她进去的人不会想别的。在那儿，他们是绝对安全的。店主知道查理是什么人，绝不会傻到跟助理辅政司过不去。还有什么比查理爱她更重要的事吗？

她离开走廊，回到自己的起居室。她躺在沙发上，伸手拿过一支烟。这时候她看到了一本书以及上面放着的一张便条。她把便条打开——便条是用铅笔写的。

亲爱的基蒂，

这是你想要的书。我本想亲自给你送去，却在路上碰到了费恩博士，他说路过家门时会顺便把它带回家。

V.H.

她按了一下铃，把男仆叫了上来，之后她问他，书是谁送来的，什么时候送来的。

"是老爷带回来的，小姐，在午饭后。"男仆答道。

这么说那人必是沃尔特无疑了。她马上给殖民大臣办公室挂电话，要找查理。她把刚刚得知的消息告诉了他。在电话那头，他停顿了一下才说话。

"我该怎么办？"她问。

"我在开一个重要的会议。恐怕这会儿不能跟你说话。我给你的意见是静观其变。"

她放下听筒。她知道他身旁还有其他人，而且她受不了他的公事。

她又在桌子旁坐了下来，用双手托着脸，试图想清楚现在的状况。当然了，沃尔特或许只是以为她在睡觉：睡觉的时候，她没理由不把门锁上啊。她努力回忆着，当时他俩说话了吗？当然了，他俩没大声说话。可那顶帽子——查理真是疯了，竟然把它扔在了楼下。可现在埋怨他又有什么用呢？这是很自然的举动啊，况且沃尔特到底有没有看到那帽子，这可真说不好。很可能他当时很匆忙，把书和信放下就去参加某个约会——跟他的工作有关的约会。奇怪的是，他为什么弄了一下门，而后又弄了弄两扇窗户呢？要是他真的以为她在睡觉，是不可能做这种事去打扰她的，这可不像他的做派。她真是个傻瓜！

她稍微晃了晃自己，心中又出现了那种甜蜜的痛楚，每次想起查理，她都会有这种感觉。这事做得值。他说过，即便是发生最糟糕的事，也会跟她站在一起，呃……沃尔特要是想破口大骂的话就让他骂好了，反正她有查理。她还有什么可在乎的呢？或许最好让他知道这件事。她从来没爱过沃尔特，她爱的是查理，她早就烦透了丈夫的抚摸，却又不得不忍受着。她再也不想跟他有任何的瓜葛了。她看不出他能拿出什么证据。要是他指责她，她就否认；要是到了最后，实在装不下去了，就说这事都怪他，他爱怎么着就怎么着吧！

Chapter 06

　　结婚还不到三个月，她就知道自己犯了个错误；不过，这事要怪就怪她母亲。

　　屋内有她母亲的一张照片，基蒂忧心忡忡的目光落在了上面。她不知道为什么要把照片留在那儿，因为她并不太喜欢她的母亲；还有一张她父亲的照片，不过被挂在楼下的钢琴旁边了。那是他在担任皇室律师的时候照的，照片上的他戴着假发，穿着法官服。即便这样，他给人留下的印象也不深，他是个小个子，干巴巴的，眼睛透着疲惫，上嘴唇很长，双唇偏薄；爱开玩笑的摄影师让他笑一个，他却显得更严肃了。他的嘴角向下耷拉着，眼神中透露着沮丧，这让他有了一种略微忧郁的气质，或者正是这个原因，才让贾斯汀太太觉得自己的丈夫像个法官，故此在众多照片中选了这一张。她自己那张是在去法院的路上照的，穿着一身裙装，那时她的丈夫还是英国皇室的法律顾问。她站得笔直，身上穿着天鹅绒的长裙，看上去很庄重，而且故意选用长长的列车做背景，让她头上的羽毛和手中的鲜花更显眼。她五十岁了，很瘦，平胸，颧骨突出，鼻子很大，却很有型。她的头发很密、很滑、很黑，基蒂常常觉得，就算是没有染色，至少也是修饰过的。她那双漂亮的黑眼睛从不安分，她最为引人注目的就是这一点；跟她说话的时候，一看到她那双嵌在麻木、消瘦、蜡黄的脸上的不安分的眼睛，就惊慌失措。她的眼睛不停动着，视线从你身体上的一个部分转移到另外一个部分，转移到屋内别的人身上，再回到你身上；你会觉得，她正在挑你的毛病，对你进行评判。她的眼睛时刻保持着警觉，留意着身旁的一切，嘴上说的是一套，心里头想的却是另一套。

Chapter 07

　　贾斯汀太太是个尖酸刻薄的女人，她爱管闲事，野心勃勃，却又吝啬而愚蠢。她是利物浦一位初级律师的女儿（她的父母一共生了五个女儿）。伯纳德·贾斯汀是在伦敦北部做巡回审判时认识她的。那时候他风华正茂，她的父亲说他前途无量。结果，他没有。他辛苦工作，又有能力，却无心往上爬。贾斯汀太太瞧不起他，但她认识到（尽管是很痛苦地认识到），只有靠他，自己才能获得成功。她扮演了赶车人的角色，驱赶着自己的丈夫在她想走的路上朝前走。她总对他不停唠叨，毫不留情。她发现，如果她想让他做某件事，而这件事又是他不愿意做的，那就唠叨得他不得安生，到最后，等他筋疲力尽了，他就妥协了。至于她自己这边，凡是能用得上的人，她总是想尽一切办法去结交。她恭维地夸奖那些给丈夫辩护聘书的初级律师和他们的妻子，跟她们打得一团火热；她朝法官和他们的妻子献媚；对于那些前途光明的政客，她更是煞费苦心。

　　二十五年来，贾斯汀太太在家里宴请过的人，无一不是博得了她的好感的。她会定期举办盛大的宴会，但她的吝啬和野心一样强烈。她讨厌花钱。她总是为自己花一半的钱就把宴会办得漂漂亮亮而沾沾自喜。她的菜肴种类繁多，精致讲究，却花不了多少钱。她相信，人们在享受菜肴、高谈阔论之时，绝不会注意他们喝的是什么。她把起泡的德国摩泽尔白葡萄酒用餐巾纸裹着，以为客人们会把它当香槟喝掉。

伯纳德·贾斯汀的业务量虽然不大，却还过得去。他的那些后辈早就超过他了。贾斯汀太太让他竞选国会议员，可竞选的费用需要党内成员共同负担。这次她的吝啬又战胜了她的野心——她不愿意出那么多钱去伺候那些选民。作为候选人，伯纳德·贾斯汀向那些数不清的基金会捐献的钱总是差那么一点点。结果，他落选了。尽管成为议员的妻子脸上要风光得多，可这次贾斯汀太太还是强忍住了内心的失望。凭借丈夫的参选人身份，她结识了不少有头有脸的人物，她的交际圈又扩大了不少，她对这样的结果感到满意。她心里很清楚，伯纳德这辈子都没希望进国会。她想让他参选，只是觉得这么做可能会为他赢得所在党派的感激，而竞争两三个没有胜算的席位肯定会让他得到这些的。

可他仍是个初级律师，很多比他年轻的人早就当上了王室的法律顾问。他也得成为王室的法律顾问，一方面是因为他几乎没有希望成为法官，另一方面也是为她考虑——每次跟在那些比她年轻十来岁的太太屁股后头去参加宴会时，她的脸上就羞臊得不行。可她丈夫的顽固劲儿又上来了。都这么多年了，她还是没习惯这一点。他怕当了王室的法律顾问之后就没活儿干了。他跟她说，到手的东西总比没到手的东西强得多，她却反驳说，谚语是精神贫乏者最后的庇护所。他提醒她，这么一来，他的薪水可能要减半；他也知道，跟她争论是一点儿用也没有的。她听不进去。她说他没胆子，搞得他不得安生，最后，还是像往常一样，他妥协了。他申请了王室的法律顾问，而且马上就当上了。

他的担心应验了。他不是当首席律师的料，而上门的生意也少得可怜。他将失望隐藏起来，就是怪他的妻子也是在心里头怪。或许他变得更沉默了，不过在家里的时候，他总是沉默着的，家人谁也没有注意到他的变化。他的几个女儿只把他视为收入的来源；他拼死拼活，累得像狗一样，为她们提供吃的、住的、穿的、假期和这样那样的东西，这似乎是再自然不过的了；可现在，因为他的失误，钱不那么充裕了，他感觉到孩子们的冷漠中又增添了几分嘲讽和恼怒。她们从未想过要扪心自问，这个一大早就出去上班，晚上回家只是为了换换衣服、吃点东西的备受压抑的小个子男人心里头是怎么想的。对她们而言，他只是个陌生人，不过就因为他是她们的父亲，她们就把他爱她们、养育她们视为理所当然。

Chapter 08

　　但贾斯汀太太身上有样东西是让人钦佩的，那就是勇气。她不会让圈里人看到她因失望引起的懊丧情绪。对她而言，圈子就是她的整个世界。她的生活方式没有变。通过精打细算，她仍能像以前那样为大伙儿奉献豪华的宴会；见朋友的时候，脸上仍能散发出那种多年前就已经培养起来的快乐的神情。她口齿伶俐，知道的东西又多，朋友间闲谈的时候总能派上用场。对那些不善闲谈的人来说，她的出现可谓是"及时雨"，因为她总能引入新的话题，马上就能用合适的话语打破尴尬的冷场。

　　现在的伯纳德·贾斯汀要想成为最高法院的法官是不可能了，不过，捞个郡法院的法官当当，或者最不济，在殖民地里找点儿事做，还是有希望的。在此期间，他被任命为威尔士一座镇子的法官，这让她颇为满意。不过，她的全部希望却投注在女儿身上。她盼着能通过一桩好婚事，把她这辈子的晦气全部打消。她有两个女儿，一个叫基蒂，另一个叫多丽丝。多丽丝没有表现出漂亮的迹象，她的鼻子太长了，身材又过于臃肿。故此，贾斯汀太太没对她抱太大希望，只盼着她能找个日子还过得去、工作还算体面的小伙子。

但基蒂是个美人。小时候，她就是个美人坯子，她的眼睛又大又黑，水汪汪的，又很有精神，棕色的鬈发中略微透出点儿红，牙齿精致，皮肤娇美。她的五官不是那么完美，下巴太方了，鼻子尽管不像多丽丝的那么长，却也略显大了一些。她的美貌主要是因为年轻，贾斯汀太太明白，她必须在最青春的时候把自己嫁出去。等她出落成大姑娘时，她的美简直令人眩晕：她的皮肤仍是她最美的地方，不过她那双长着长长睫毛的眼睛是那么炯炯有神，那么动人，看一眼就能将你的心紧紧抓住。她的脸上总带着快乐的笑容，还有让别人也快乐起来的渴望。贾斯汀太太在她身上倾注了自己的全部热情，而热情下隐藏着残酷和心机，这是她拿手的。她野心勃勃，她的目标不是为女儿安排一桩好婚姻，而是一桩闪耀的婚姻。

基蒂从小就意识到自己将会成为一个美女，她猜出了母亲的心思，但这也正好是她所渴望的。她被展现在世人面前。贾斯汀太太挖空心思，让人家邀请她去舞会，在那儿，她的女儿才能遇见合适的结婚对象。基蒂干得不错。她漂亮，也很有趣，没多久，就有一打的男人在追求她了，但这些人中没一个合适的。每逢星期天下午，南肯辛顿的家中总是挤满了爱慕她的小伙子，贾斯汀太太脸上带着肯定的微笑在一旁观察着。她的笑令人毛骨悚然，只要那么笑笑就能时刻让他们与基蒂保持一定的距离，根本用不着多费力气。基蒂早就准备好了跟他们打情骂俏，跟这个闹一会儿，那个吃醋了；跟那个玩一会儿，这个又受不了了……不过每次他们向她求婚时（每个人都这么做过），她总是老练而果断地拒绝。

她的第一个"社交季"过去了,如意郎君没有出现;第二个
"社交季"同样如此。不过她还年轻,还等得起。贾斯汀太太告诉
她的朋友们,对女孩子来说,21岁才把自己嫁掉,的确是件可惜的
事。但第三年过去了,接着第四年又过去了,她还是没找到合适的
人。先前仰慕她的人当中有那么两三个再次向她求婚,可谁叫他们
仍旧身无分文呢。一两个比她年轻的小伙子也向她求婚了;还有一
个之前在印度工作现在已退休的公务员,是位骑士,曾获得印度帝
国勋章,也向她求婚——这人都五十三岁了。基蒂还像以前那样频
繁地出入舞池,她去过温布尔顿[1]和洛兹板球场[2],还有阿斯科特
赛马场[3]和亨利赛舟大会[4],玩得很痛快;可是那个既能在收入
上又能在社会地位上让她感到满意的郎君仍未出现。贾斯汀太太坐
不住了。她注意到,基蒂开始吸引四十岁以上的老男人了。她提醒
她,再过一两年她就不年轻了,而年轻的姑娘们每时每刻都在冒出
来。在家里面,贾斯汀太太从来都不会委婉地说出她的话。她尖酸
刻薄地警告自己的女儿,她要被剩下了。

基蒂耸了耸肩。她觉得自己还像以前一样漂亮,或许比以前还
要漂亮些,因为最近这四年,她学会了穿衣打扮,更何况她还有的
是时间。如果她想只是为了把自己嫁出去而结婚,有一打的小伙子
争着抢着要娶她呢。当然了,如意郎君迟早都会来。但贾斯汀太太

---

[1] 温布尔顿,伦敦郊外的一个市镇,以举办国际网球公开赛出名。

[2] 洛兹板球场,位于伦敦的一个棒球场。

[3] 阿斯科特赛马场,位于英国伯克郡的一个赛马场,每年6月份的第3个星期
在此地进行赛马,是很多名流人士聚集的地方。

[4] 亨利位于伦敦西部,从1839年起,每年都要在这里举行国际性的赛舟大会。

对形势的判断要更老练些。女儿这么漂亮，却错过了大好时机，这让她很恼火，只好把标准降低了些。她的目光回到了那些从事专门职业的小伙子身上，以前她可是看不起这类人的，她要找一个年轻的律师或者生意人，但这人的前途要让她有信心。

　　二十五岁那年，基蒂仍未嫁出去。贾斯汀太太怒不可遏，动不动就对基蒂说些难听的话。她问她还想让她父亲养她多久。他把能花的钱都花了，就为了给她一个机会，可她却没有把握住。贾斯汀太太从未想过，或许是她自己的过分殷勤吓坏了那些有钱人家的儿子或者爵位的继承者，因为她总是非常热心地邀请人家去她家做客。她把基蒂的失败归结为了愚蠢。接着，多丽丝也成了大姑娘。她的鼻子还是那么长，身材还是那么差劲，舞跳得也很烂。可她却在第一个"社交季"，就和杰弗瑞·丹尼森订了婚。杰弗瑞的父亲是一位富有的外科医生，战争期间曾被授予从男爵爵位。杰弗瑞会继承父亲的爵位——医学上的从男爵，听上去尽管不是那么气派，可爵位毕竟是爵位——更何况，他还会继承一笔不菲的财产呢！

　　惊慌之下，基蒂嫁给了沃尔特·费恩。

Chapter 09

　　她不怎么认识他，也从来没有过多注意过他。她不记得他们第一次见面是在什么时候，在哪里。直到订婚以后，他才告诉她，那是在一次他朋友拉他去的舞会上。那个时候，她当然没注意过他了，就算是跟他跳过舞，那也是因为她心情好。那个时候，随便哪一个人，只要邀请她跳舞，她都会跳的。过了一两天，在另外一次舞会上，他主动找她说话，而在此之前，她一点儿都不认识他。那时候她才注意到，只要是她参加的舞会，他都在。

　　"知道吗，我至少跟你跳过十几次舞，现在你得告诉我你叫什么了！"她终于大笑着跟他说。

　　他显然吃了一惊。

　　"你是说你还不认识我？我向你介绍过自己啊！"

　　"呃，可人们说得都含糊不清的。假如你一点儿也不知道我的名字，我也不会感到吃惊的。"

　　他冲她笑了笑。他的表情略微有些严肃，但他的笑是温柔的。

"我当然知道了。"他沉默了一会儿,"你一点儿也不感到好奇吗?"然后,他问。

"跟多数女人一样,很好奇。"

"你没想过问旁人我叫什么吗?"

她几乎被逗乐了。她实在搞不懂为什么他会觉得她会对他叫什么有一丝一毫的兴趣,但她喜欢让别人高兴,脸上便带着那种迷人的笑,用那双漂亮的眼睛盯着他看。她的眼睛宛若丛林中的两湾泉水,散发着一股妩媚的亲切。

"呃,那叫什么?"

"沃尔特·费恩。"

她不知道他为什么来跳舞,他跳得不怎么好,似乎也不认识什么人——一个想法划过她的脑际:他爱上了她。但是她马上耸了耸肩,把这个想法赶跑了。她知道很多女孩总觉得遇见的每个男人都爱她们,而事实总是证明她们是荒唐的。不过,她对沃尔特的关注比以前多了些。他的表现跟那些爱过她的小伙子不一样。那些人多半向她大胆坦白,还想吻她——很多都是这样。但沃尔特很少谈论她,也很少谈论自己。他是个沉默的人,这一点她倒是不太介意,因为她总是滔滔不绝,当她不经意间说出一句诙谐的话时,他总是哈哈大笑,她喜欢看他这样;不过他说话时,可一点儿都不蠢。他只是害羞。他似乎住在东方的某地,这段时间在家休假。

一个星期日的下午,他出现在她们在南肯辛顿的家中。当时有十几个人在场,他坐了一会儿,似乎觉得有几分不适,便离开了。后来,她母亲问她那人是谁。

"我也不知道。是你叫他来这儿的吗?"

"是的，我在巴德利斯遇见的他。他说在很多舞会上见过你。我说每个星期天我都在家。"

"他叫费恩，好像在东方谋了份工作。"

"是的，他是个医生。他爱上你了吗？"

"我还说不好！"

"我还以为当一位小伙子爱上你时你会知道呢。"

"就算他爱上了我，我也不会跟他结婚的。"基蒂漫不经心地说。贾斯汀太太没说话，但她的沉默中充满了不快。基蒂的脸红了，她知道，母亲现在不在乎她嫁给谁，只是想让她早点儿离开她的家。

Chapter 10

　　接下来的那个星期，她又在舞会上见过他三次。现在，他的害羞似乎少了些，变得比以前健谈了。他是个医生，却不开门营业；他是细菌学家（细菌学家到底是干什么的，基蒂只有个模糊的概念），在香港工作。秋天，他就要回去了。他谈了很多关于中国的事。她早就养成了一个习惯——不管对方说的话自己是否感兴趣，都会装出一副有兴趣的模样来。不过，说真的，香港的生活听上去倒是蛮有趣的嘛：有俱乐部、网球场、赛马场、马球场，还有高尔夫球场。

　　"那儿的人们常跳舞吗？"

　　"哦，是的，我想是这样。"

　　她很想知道，他跟她说这么多事是不是怀着什么目的。他似乎很喜欢她的社交圈子，却从未通过比如说握紧她的手啊，给她一个眼神啊，对她说某个字啊，来表明他不只是把她当作一位在舞会上认识的姑娘看待。接下来的那个星期日，他又去了她们家。她的父亲刚好进门，原来是下雨了，他没法去打高尔夫了。接着，他跟沃尔特·费恩进行了一番长谈。事后，她问父亲他们都聊了些什么。

"他好像在香港工作。那儿的大法官是我在司法界的一位老朋友。他似乎是个异常聪明的小伙子。"

她知道，通常情况下，父亲总是烦透了那些年轻人，先是她的那些朋友，然后是她妹妹的。多年来，父亲为了她们，总是硬着头皮去款待人家。

"父亲，在我结识的年轻朋友当中，好像你喜欢的没几个啊？"她说。

他那双慈祥、疲惫的眼睛在看着她。

"你有可能跟他结婚吗？"

"当然没可能。"

"他爱你吗？"

"没表现出来。"

"你喜欢他吗？"

"我觉得不太喜欢。我有点儿烦他。"

他根本不是她喜欢的类型。他个子不高，长得又不壮实，瘦小得不行；皮肤黝黑，胡子刮得挺干净，五官端正，轮廓分明，是再普通不过了。他的眼珠几乎是黑的，却不大；目光迟滞，总是盯着某样东西发呆。他的眼睛里充满了好奇，却不怎么好看。他的鼻子挺直、精致，眉毛也很好看，再加上有型的嘴唇，按理说应该是个大帅哥才对。可令人惊讶的是，他长得并不帅。基蒂在想他的时候吃惊地发现，将他的五官拿出来挨个看，个个都是漂亮的。他的表情略带嘲讽。在对他有了更多的了解之后，基蒂发现自己跟他待在一起时并不是那么自然。他是个很闷的人，不懂得快乐为何物。

那一年接近尾声时，他俩彼此间已经了解得很多了，但他仍像以前那样淡漠，让人琢磨不透。确切地说，他跟她在一起时不是害羞，而是局促不安；奇怪的是，他的谈话仍像以前那样冷淡。基蒂最后得出结论：他一点儿都不爱她。他喜欢她，发现她很好说话，可等他11月份回到香港，就再也不会想起她了。她想，在这段时间内，他不是没有可能跟香港哪所医院的护士订婚的，这位姑娘的父亲可能是位牧师，她本人呢，长相普通，无聊透顶，有一对扁平足，精力还很充沛；对他来说，选这样的人做妻子真是再合适不过了。

就在这时候传来了多丽丝和杰弗瑞·丹尼森订婚的消息。多丽丝十八岁了，订下了一门合适的亲事；可她呢，已经二十五岁了，仍是孤身一人。难道她永远嫁不出去了吗？那一年，只有一个人向她求婚，而且这人还是个在牛津大学读书的二十岁的学生，而她是决不会跟一个比她小五岁的人结婚的。她的生活搞得一团糟。去年，她拒绝了一位拥有巴兹勋章、带着三个孩子的丧偶骑士，现在想起来真不该那么做。母亲现在变得越发讨厌她了，还有多丽丝，因为基蒂过去一直被寄予厚望——能够嫁入豪门，她早就习惯了牺牲，现如今她一定会对基蒂幸灾乐祸。基蒂沮丧极了。

Chapter 11

　　然而一天下午，她从哈罗德家出来步行回家时，却碰巧在布兰普顿路上遇到了沃尔特·费恩。他停下跟她说话。然后，他很随意地问她能否陪他在公园里散散步。回家也没什么事；更何况，家也不是个让人愉快的地方。他们溜达着朝前走，像以往那样闲聊着，他问她夏天到哪儿去玩。

　　"哦，我们总到乡下闲居。你知道，这一季的工作结束后，父亲总是累得够呛，所以我们要尽可能找个最安静的地方度假。"

　　基蒂假模假样地说着，她知道，父亲的工作还不至于累到他，另外家里也轮不到他决定度假地。但安静的地方总是很便宜的。

　　"那些椅子看上去很吸引人，不是吗？"沃尔特突然说。

　　她顺着他的目光望去，瞧见了不远处有两把绿色的椅子，在草地上的一棵树底下。

　　"过去坐坐吧。"她说。

　　可等他们坐下之后，他突然变得怪怪的，看起来好像心不在焉。真是个古怪的家伙。她依旧兴高采烈地闲聊着，可心里却想弄明白他为什么要请她一起来公园散步。或许要向她透露点儿他对香港那位扁平足姑娘的爱恋吧。突然，他转过身子面对她，打断了她的话，而且他的脸色惨白无比。而她发现他根本没在听，所以也说不下去了。

"我想跟你说点儿事。"

她赶紧看着他，发现他的眼里透露出一种痛苦的焦虑。他的声音嘶哑了，很低沉，有些发抖。她还没来得及想他这么激动到底是为哪般，他就又开口了。

"我想问你，你是否愿意嫁给我？"

"你可把我吓坏了！"她回答道。她吃惊极了，茫然地看着他。

"你难道不知道我很爱你吗？"

"可你从未表露过啊！"

"我的嘴太笨拙，我总是觉得'说'，对我来说，比'做'要难得多。"

她的心跳得比刚才快了些。以前很多人向她求过婚，无论是和颜悦色地求，还是深情款款地求，她都以同样的方式回绝了。而像这样，以一种如此唐突又局促不安的带有悲剧色彩的方式向她求婚的人，她还是第一次遇到。

"你真好。"她说，语气中透露出怀疑。

"第一次见到你的时候我就爱上你了。我也曾想向你表白，却说不出口。"

"我可不确定这算不算正式表白。"她低声笑了笑。

终于能有机会笑一下了，她感到很高兴。那天阳光明媚，可他们周围的空气却一下子变得沉重了，透露着不祥的气息。他眉头紧皱。

"呃，你知道我的意思。我不想失去希望。你就要走了，我呢，秋天一到，也要回中国了。"

"可我从来没有这么想过。"她无助地说。

他没再说什么，脸色阴沉地低头看着地上的草。真是个古怪的家伙。不过，现在他把心里话告诉她了。不知为什么，她有了一种说不清的感觉，像他这样爱她的方式，她以前从未遇到过。她有点儿害怕，又有点儿得意。他的冷漠中有一种说不清的令人难忘的东西。

"你得容我想想。"

他仍一言未发，也没动。他是要一直让她在那儿坐着做出决定吗？真荒唐。这事她必须跟母亲说说。她本该在说话的时候就站起来，坐着只是想等着他回答。而此刻，不知为什么，她发现动动身子都困难了。她没看他，只是在心里想着他的形象；她从未想过要嫁给一个比自己就高那么一点点的男人。坐在他身旁时，你会发现他的五官很清秀，同时也能看到他的脸面多么冷淡。当你想到这样一个小个子男人心里竟然涌动着强烈的激情，那种感觉真是太奇怪了。

"我不了解你，一点儿也不了解。"她的声音有些发抖。

他看了她一眼，她觉得自己被他的眼睛吸引住了。他的眼中流露着她从未感受过的柔情；还有，里面带着某种恳求，就像一条被抽打的狗眼中流露出的那种东西，这令她稍有些反感。

"我觉得交际让我提高了不少。"他说。

"你一直都很害羞，对不对？"

不用说，这是她遇到过的最奇怪的求婚方式了。尽管如此，在这样的场合下，对她来说他们彼此间的谈话无论如何也该打住了。她一点儿都不爱他。她不知道自己为何不当机立断地拒绝他。

"我蠢透了，"他说，"我想告诉你，在这个世界上，我对你的爱胜过一切，但我发现自己却说不出口。"

不知为何，他的这番话却打动了她，真是不可思议！当然了，他不是真的那么冷漠，只是不会交际。那一刻，她觉得自己比以前任何时候都更喜欢他。多丽丝11月份就要结婚了。给她做伴娘可不是件让人高兴的事。她巴不得要逃离这样的场合呢。那时候，人家多丽丝结婚了，可她呢，还是孤零零的一个人！大伙儿都知道多丽丝有多年轻，相比之下，她会显得更老。到时候，她就成了一个没人要的老处女了。对她来说，尽管这场婚姻不会太美满，可毕竟是婚姻啊，一想到自己就要去中国住了，她的心不由得轻松了许多。她怕她母亲的冷嘲热讽。咳，过去有很多跟她一块出去玩的姑娘如今都结婚了，大部分也都有了孩子；她讨厌出去见她们，谈论她们的心肝宝贝。沃尔特·费恩会带给她一种新的生活。她转过身子，看着他，脸上带着微笑。她知道这种笑会有什么样的效果。

"要是我现在就说我愿意嫁给你，你什么时候娶我？"

他兴奋地喘了一口粗气，刚刚还苍白的脸颊瞬间红润起来。

"现在！马上！越快越好！到时候，咱们去意大利度蜜月，8月份或者9月份。"

那这个夏天她就不用跟父母去乡下住那栋每周五个基尼租金

的牧师的房子了。一瞬间，她的脑海里浮现出《晨报》[1]登出的伴娘因为要返回东方只好马上举行婚礼的消息。她太了解自己的母亲了，她肯定会把这事宣扬得沸沸扬扬，搞得轰轰烈烈的。到那时候，至少多丽丝是充当陪衬的，而等到多丽丝那更为气派的婚礼举行的时候，她早就远走高飞了。

她伸出她的手。

"我觉得自己很喜欢你。不过你得给我点儿时间适应你。"

"这么说你同意了？"他打断了她的话。

"我想是这样。"

---

[1]《晨报》，英国伦敦的一份保守派报纸，创刊于1771年，1937年被《每日电讯报》收购。

Chapter 12

　　那时候她对他知之甚少，现在呢，结婚都快两年了，她对他的了解也只是增加了那么一点点。刚开始的时候，他的热情让她感到吃惊；她被他的体贴打动了，有些受宠若惊的感觉。他体贴到了极点，时时刻刻都在乎她是否舒适；只要她稍微流露出一丁点儿的愿望，他总是尽快满足她。他会不时送些小礼物给她。要是不巧她生了病，再没有人比他更体贴、想得更周到了。要是她有什么麻烦事交给他做，那就相当于给了他一些小恩小惠。还有，他总是极其有礼貌。每次她进屋时，他总要站起来；她下车时，他总要上去搀扶她一把；碰巧在街上遇到她时，他也会脱帽致敬；出屋时，他总是急不可耐地为她开门；不敲门他是决不会踏进她的卧室或闺房一步的。他对待基蒂可不像多数男人对待他们的妻子那样，而像是在对待乡间小屋来的客人。这是令人愉快的，却又略有些可笑。要是他能更随意些，她跟他在一起相处的时候会感觉更自然。他们的婚姻也没能让她跟他之间的关系变得更亲密。那个时候的他，热情、古怪、可笑，还有些多愁善感。

他是一个很敏感的人，当她意识到这一点时，就有些不安了。他的自制是因为害羞还是长期养成的习惯呢，她也不知道。不过，当他的欲望得到满足之后，她躺在他怀里时，那个羞于说傻话、担心自己成为笑柄的他却瞎扯开了，这让她有些瞧不起他。有一回，她大笑着告诉他，他说的那些东西纯粹是胡扯，这深深伤害了他。她感到抱着她的那两只胳膊一下子瘫软下去了。他沉默了一会儿，然后松开她，一句话也没说就走进了自己的房间。她无意伤害他的感情。过了一两天，她对他说：

"你这个大傻瓜，我其实一点儿都不介意你对我胡说什么。"

他惭愧地笑出了声。很快她便发现，他很不合群，这一点很不好。他太过难为情了。大伙儿在派对上唱歌时，他从来不参与。他只是坐在那儿，脸上带着微笑，表现得很快乐，其实他的笑是被迫装出来的。那种笑更像是一种嘲笑，让人不禁会想在他心里那些自娱自乐的人纯粹是一帮傻瓜。这样有趣的游戏让基蒂兴高采烈，可他就是不肯参与。在去中国途中的化装舞会上，让他像别人一样穿花哨的衣服连门儿都没有。他觉得这一切无聊透顶，这让她很扫兴。

基蒂生性活泼，她乐意一天到晚说个不停，想笑就笑。他的沉默却经常让她难堪。闲说闲聊的时候，他总不回应她，这让她颇为恼火。的确，那些话题不需要特别的回答，可回应点儿什么总会让人心里畅快。比方说，天正在下雨，她说了句："雨下得可真大！"她希望他说一句："嗯，是啊。"他却保持着沉默。有时候，她真想推推他。

"我刚才说雨下得可真大！"她又说了一遍。

"我听见了。"他答道，脸上露出亲切的微笑。

看得出来，他并不是故意惹她生气。他不说话只是因为没什么可说的。不过，如果人人都在有话可说的时候才开口，那人类就会很快失去说话的能力的。想到这儿，基蒂笑了。

Chapter 13

事实上，不用说，他毫无魅力可言。他不是个受欢迎的人物，来香港没多久她就发现了这一点。他到底是做什么的，她仍不太清楚。不过，她早就意识到了，政府聘用的细菌学家可不是什么了不起的人物。他似乎也无意与妻子谈论他工作上的事。起初，她对什么都是感兴趣的，便问他这事。他开个玩笑搪塞了过去。

"这份工作枯燥得很，都是技术性的，"有一回，他说，"而且挣不了多少钱。"

他太过矜持了。关于他的先辈、他的出身、他的受教育情况、他遇到她之前的生活，她都是直截了当地问他才得到答案的。他似乎很烦别人问这问那，这真奇怪。好奇心上来了，她便抛出一长串的问题，这时他的回答会越来越唐突无礼。她看得出来，他不想回答不是因为他有什么瞒着她，仅仅是因为矜持的性格。谈论自己会让他觉得很烦。他会因此变得害羞和局促不安。他不知道如何敞开心扉。他喜欢读书，不过他读的那些书籍在基蒂看来却是那么枯燥乏味。不忙于写科学论文的时候，他读的都是关于中国历史方面的书。没见过他放松的时候是个什么样子，她觉得他根本不懂如何放松。他喜欢玩游戏：打网球和桥牌。

她想不明白，为什么他会爱上她。随便哪一个人都比她更适合这个保守、冷淡、自制的男人。不过，有一点是很确定的：他爱她爱得发狂。只要她高兴，他愿意为她做任何事。他就像是她手中的牵线木偶。当她想到他展露给她的一面，而这一面又是只有她看到的，她不免有点儿鄙视他。她怀疑他的冷嘲热讽，对她所羡慕的那么多的人和事表现出的那种透露着轻蔑的容忍，其实都是为了遮掩他内心深处的虚弱。她觉得他很聪明，似乎每个人都这样觉得。可是除了少有的几次，他跟两三个志同道合的人一起聊得兴起，别的时候，她从未觉得他有趣。确切地说，他并没有让她感到厌烦，而是冷落了她。

Chapter 14

　　尽管基蒂已经在喝下午茶的时候见过查尔斯·汤森的妻子好几回了，但初次见到查尔斯本人却是在她来到香港的几个星期之后。在跟丈夫去查尔斯家吃饭的时候，有人将她介绍给了查尔斯。当时的基蒂还是心有戒备的。查尔斯·汤森是殖民大臣助理，要是他假意屈尊俯就，她可不吃那一套。她已经在汤森太太优雅的待客之道中领教了那种傲气。就餐的屋子很宽敞，屋里的陈设跟基蒂在香港见到的任何一间会客厅一样，都是那么朴实，让人备感舒适。那天的聚会搞得很气派。她跟丈夫是最后到的，进屋的时候，身着制服的中国仆人正在转着圈地分发鸡尾酒和橄榄果。汤森太太很随意地跟他们打了招呼，然后看了一眼来客名单，告诉沃尔特他会跟谁一桌吃饭。

　　基蒂看到一位身材高大、十分英俊的男人挨着他俩坐下了。

　　"这是我丈夫。"

　　"很荣幸跟你们坐在一起。"那人说。

基蒂顿时觉得舒服了，心中的敌意随之烟消云散。尽管男人的眼睛在微笑，可她还是发现他眼里闪过一丝惊奇。她完全明白那是什么意思，于是忍不住笑了起来。

"饭我是一点儿都吃不下去了，"他说，"虽然多萝西说这顿饭美味至极。"

"为什么不呢？"

"别人应该告诉我的。有人真该事先提醒我一下。"

"怎么啦？"

"可谁都没吭一声。我怎么知道今天会遇到一位大美人呢？"

"现在我说些什么呢？"

"什么也别说，让我来说就行了。我会把这话一遍遍说个没完。"

基蒂没动心，心里头却想弄明白他的妻子是怎么跟他说自己的。他肯定问了她一些事。汤森两眼含笑，低头盯着基蒂，猛然回想了起来。

"她长什么样？"当妻子说她看到费恩医生的新娘时，他这样问。

"哦，很漂亮的一个小美人儿，像个演员。"

"演过戏吗？"

"哦，不，我觉得没演过。她父亲是位医生，也许是位律师，我不记得了。我觉得咱们应该请他俩来家里吃顿饭。"

"不用急，对不对？"

他们俩并排坐在桌边，这时候他才告诉她，来殖民地的时候他就认识沃尔特·费恩了。

"我们常在一起打桥牌。他无疑是俱乐部里面打得最棒的。"

在回家路上，她把这事跟沃尔特说了。

"他说得不假，你知道的。"

"他打得怎么样？"

"不算太坏，牌顺的时候打得挺好，牌不顺的时候通常会一败涂地。"

"他打得跟你一样好吗？"

"我对自己的牌技很有自知之明。我应该是二流牌手里面打得挺不错的人。汤森觉得自己属于一流牌手。他不是。"

"你不喜欢他吗？"

"既不喜欢，也不讨厌。我觉得他的工作干得不错，另外大伙儿都说他是个运动健将。我对他不是太感兴趣。"

沃尔特这种中庸的回答激怒了她，这已经不是第一次了。她不明白，他为何非要这样小心谨慎。喜欢就喜欢，不喜欢就不喜欢嘛。她很喜欢查尔斯·汤森，这是她始料未及的。他很有可能是殖民地里最受欢迎的人。据说，内阁大臣很快就要退休了，大伙儿都希望查尔斯能接他的班。他既会打网球，又会打马球和高尔夫，还养了几匹赛马。他从不装腔作势，那种形式主义的官僚作风在他身上是看不见的。他从不摆架子。基蒂不知道为什么之前听到别人夸查尔斯时她总不以为然，她不禁觉得他肯定狂妄而自负。看来她真是大错特错了。如果他还有什么让她不痛快的话，那就是她犯的这个错误了。

那天晚上她过得很愉快。他俩聊到了伦敦的剧院，聊到了阿斯科特赛马会和海滨城市考斯。只要是她所知道的，她都尽情地倾吐了出来。她都忍不住幻想此前真的在列诺克斯花园见过他了。后来，等到用餐完毕，男宾客们都走进会客室之后，他又溜达着跟她坐在一处。尽管他没说什么好笑的事，可老是把她逗笑，肯定是他说话的方式太特别了：他的声音低沉、深厚，很悦耳地传入了她的耳中，听了让人心安气定；他的蓝眼睛友善而闪亮，让人感到愉快，跟他在一起是那么轻松、惬意。不用说，他是个极有魅力的男子，正是这一点才让他博得了众人的好感。

他的个子很高，她觉得至少有六英尺两英寸；还有，他的身材很好。看得出来，他很健康，身上连一盎司的肥肉也看不到。他衣着考究，差不多算是屋里头最有品位的，穿得也很时髦。她喜欢打扮得潇洒整洁的男子。她的视线游移到沃尔特身上：他真该打扮得好一点儿。她注意到了汤森的袖口链扣和马甲上的扣子，以前她在卡莱尔商店里见过类似的扣子。显然，汤森家家道殷实。他的脸晒得黝黑，但阳光并未将他脸颊上的健康色夺走。她很喜欢他那撮修得很整齐的卷曲的小胡子，它并没有遮盖住下面那圆润饱满的嘴唇。他的头发是黑的，很短，却梳理得油光可鉴。当然了，他那浓密眉毛下的眼睛才是长得最好看的。它们蓝极了，笑中带着温柔，使人很轻易就被他俘虏。但凡拥有这种蓝眼睛的男子是不忍心伤害任何一个人的。

她只知道自己给他留下了深刻的印象，至于别的，她就不得而知了。倘若他对她说的不是醉话，他那双满含赞赏的眼睛也会出卖他的。他似乎兴奋过了头，而自己却还没有意识到。在这样的气氛中，基蒂觉得很放松。在开玩笑似的话语中，他会不时加入一两句美妙的、恭维的话，这种谈话的方式很讨基蒂的欢心。而这又是他俩谈话中的最重要的东西。握手分别的时候，他按了她的手一下，其中的意思她当然明白了。

"希望能尽快再次见到你。"说这话的时候他的语气是漫不经心的，可他的眼睛使这句话有了弦外之音，而这个弦外之音她是不会不懂的。

"香港很小，不是吗？"她说。

Chapter 15

　　谁能想到，还不到三个月，他俩的关系就发展到了这个地步？他告诉她，第一次见到她的那个晚上，他就疯了似的爱上了她，还说她是他这辈子见过的最漂亮的女人。他还记得那天她穿的是什么样的衣服，那是她结婚时穿的礼服，还说她就像山谷中的一束百合。就算不说这番话，她心里也早就明白他爱上自己了。只是因为她有点儿害怕，故意跟他保持着一定的距离。他是那么富于激情，要做到这一点很难。她怕他吻她，因为一旦被他拥在怀里，她的心脏就会跳得飞快。她以前从未爱过，原来爱是如此奇妙。现在她尝到了爱的滋味，心里头倒突然对沃尔特给自己的那份爱生出几分同情。她半开玩笑地逗弄汤森，发现他很享受这种感觉。此前，她很可能有点儿担心，可现在她的信心多了些。她打趣似的取笑他，看到他慢慢露出第一次接待自己时的那种微笑，她觉得很好玩。他被她搞得又惊又喜。她想这段日子以来，他会变得精明一些。现在她对激情又多了些了解，她开始欲擒故纵，就像一位竖琴手满含深情地将手指慢慢划过琴弦。每次看到他被她逗得一脸困惑和好笑的模样，她就忍不住哈哈大笑。

　　查理（即查尔斯）成了她的情人以后，她跟沃尔特之间的关系似乎就变得微妙而荒唐起来。对那么持重而自制的他，她竟然也忍不住笑容满面。她太快乐了，以至于对他也是格外亲切。话说回来，要是没有他，她是不可能认识查理的。在走出最后一步之前，她犹豫过，不是因为她不想臣服于查理的激情（她的激情跟他一样，也是那么火热），而是因为她的骨子里的教养和仁义道德让她感到担忧。事后（最后一步是偶然发生的，直到机会来到他俩面前他俩才看到），当她发现自己跟以前没什么两样时，她吃惊极了。她本以为自己会有一个翻天覆地的变化，脱胎换骨，变成另外一个人，可是当她后来得着机会，站在镜子前面疑惑地细细打量自己时，看到的却依然是昨天见过的那个女人。

　　"你生我的气吗？"他问她。

　　"我崇拜你。"她低声说。

　　"浪费了这么多时间，你不觉得自己很傻吗？"

　　"真是个大傻瓜。"

Chapter 16

　　这种无法抑制的快乐让她重新焕发了青春。结婚前，她的青春开始渐渐逝去，脸上有了皱纹，瞧上去有些疲乏。那些没有同情心的人纷纷说她快成了没人要的货色。不过，一位二十五岁的姑娘和同样年纪的少妇之间，是有着天壤之别的。她就像一个玫瑰的花蕾，花瓣边缘已经开始变黄，可这时，她却突然绽放为一朵盛开的玫瑰。她那明亮的眼睛更加柔情似水，她的皮肤（这是她一直以来引以为傲的，也是特别呵护的）可谓光彩夺目，简直能跟桃子或者鲜花相媲美。不，这话应该这么说，是桃子或者鲜花简直可以跟她的皮肤相媲美。她看起来好像又回到了十八岁。她容光焕发，魅力前所未有。不注意到这一点是不可能的，她的一些女性朋友偷偷把她拉到一旁问她是不是怀孕了。以前那些说她只不过是一个长着大鼻子的美人的人，也都承认自己判断失误了。她真的成了查理第一次见到她时所说的那种绝顶美人。

　　他们想方设法偷情，尽量不出什么差错。他对她说他的背很宽，太过惹人注意（"不许你炫耀自己的身材。"她轻声地打断他），不过这没什么关系。可是因为她的缘故，他不想冒一丁点儿的险。他们不能经常单独见面，见面的次数还没他想要的一半多，不过他得首先替她着想。他俩有时候在古董店里幽会，有时候在午饭过后，那段时间没人到她家里。不过，她还是能不时在这儿或是那儿的一些正式场合见到他。那时候，一瞧见他摆出一副一本正经的样子跟自己说话，她就觉得好笑。他跟别人也是这么说话，这是他的风格。有谁能想到现在他用幽默风趣的话语戏弄她，而不久之前他还用满含热情的双臂将她搂入怀中呢？

她崇拜他。打马球的时候，他穿上高筒靴和白色马裤，真是帅极了。网球衣服一上身，他顿时变得像个年轻小伙子。当然了，他颇以自己的身材为傲，那是她见过的最棒的身材了。为了保持体形，他可是下了苦功的。他从不碰面包、土豆和黄油这类东西，而且每天都做大量的运动。她喜欢他护手时表现出的那份细心，他每周剪一次指甲。他是一个出色的运动健将，就在去年还赢得了地方网球赛的冠军。当然了，他还是她所见过的技术最娴熟的舞伴，跟他共舞，如入梦境。没人会想到他已经四十岁了。她跟他说，连她也不敢相信他已经四十岁了。

"我觉得你在骗我，其实你只有二十五岁。"

他爽朗地大笑。这话让他受宠若惊。

"哦，亲爱的，我的儿子都十五岁了。我已经是个中年人了。再过两三年，我就成了胖老头儿了。"

"一百岁的时候你还会那么迷人。"

她喜欢他那又浓又黑的眉毛。她感到好奇，是不是正是因为这对眉毛，才让他那双蓝眼睛增添了一抹不安的神情呢？

他多才多艺，钢琴弹得相当好，连拉格泰姆[1]也信手拈来；还有，他能够用浑厚的嗓音和幽默的技法唱些滑稽歌曲。她想不出他还有什么不会做的。他的工作也做得很出色。他曾告诉她，有一次他帮政府解决了一项棘手的工作，结果博得了总督的祝贺。说这话的时候他志得意满，而她又愿意和他一起分享这份快乐。

"尽管我只是口头上提了一下那个办法，"笑的时候他的双眼因为满含对她的爱意而变得异常迷人，"但在部门里，没有哪个家伙会比我干得更漂亮了。"

唉，她多希望她是他的妻子，而不是沃尔特的。

---

[1] 拉格泰姆，19世纪末20世纪初盛行于美国的一种多切分节奏的爵士乐，为黑人所创。

Chapter 17

　　当然了，沃尔特到底知不知道这件事，至今仍是个未知数。他要是不知道，这事就这样过去算了；他要是知道，嗯，说到底对大家都是个解脱。刚开始的时候，她还能偷偷摸摸地跟他幽会，可随着时间慢慢过去，她的激情变得愈发高涨。现在她越来越受不了那些横在他俩中间的障碍了。他不止一次跟她说，他恨自己现在这份工作，干什么事都得偷偷摸摸的，还有他的那些牵绊和束缚她手脚的东西。他曾说，要是他俩完全是自由的该有多好！她明白他的意思，谁都不希望丑闻发生在自己身上。当然了，在做出改变个人生活的重大决定之前，总该三思的。不过，要是"自由"自己找上门来，一切就变得简单多了！

　　到时候，大伙儿都不会太受伤。关于他跟他妻子之间的关系，她知道得一清二楚。她是个冷漠的女人。这么多年来，他俩之间根本就毫无爱情可言。只是因为长久的习惯和生活上的便利，当然了，还有孩子，他俩才暂时还生活在一起。这件事，对查理来说要

比她容易些——沃尔特很爱她。不过话说回来，他的心思全在工作
上。还有，男人还有俱乐部可去。刚开始的时候，他可能会心烦意
乱，不过他会挺过去的。况且他没有理由不再跟别的女人结婚啊。
查理曾对她说，实在搞不明白她为什么非要在沃尔特·费恩身上耗
一辈子。

　　她感到奇怪，为何刚才自己还担心被沃尔特抓个正着，这会儿
脸上居然有了笑容。当然了，看到窗户上的把手慢慢旋动，谁都会
害怕的。不过，沃尔特也闹不出什么乱子，而且他们早就为此做好
了准备。到那时，他们最渴望的东西将降临到他们身上，查理也会
跟她一样如释重负的。

　　沃尔特是位绅士，到时候，她会把这一切大大方方跟他说，
不亏待他。况且，他还深爱着她。他会做出明智的选择，同意她跟
自己离婚。他们的结合是一个错误，幸运的是，他们及时发现了。
她早就准备好了，包括到时候该怎么跟他说以及怎么对待他。她会
面露友善，微笑着跟他说，但态度是坚定的。他俩之间根本没必要
吵。在此之后，她依旧愿意跟他保持友好的往来。她真诚地希望在
一起度过的两年时光会成为他生命中最珍贵的记忆。

　　"多萝西·汤森一点儿都不会在乎跟查理离婚，"她这样想
着，"如今，连最小的那个孩子都要去英格兰了，她留在英格兰要
好得多。在香港，她的确没什么好做的。这个假期她可以跟孩子们
一起度假，然后搬到她英格兰的父母家里去住。"

　　一切竟是如此简单，既不会搞得沸沸扬扬，也不会撕破脸皮。
到时候，她就跟查理完婚。想到这儿，基蒂长出了一口气。到时
候，他们会很幸福。为了实现这个目标，历经一番磨难也是值得

的。未来美好生活的画面一幅接一幅地跳到了她的眼前：他俩会共度那些短短的旅程，将会住进新的房子，他的仕途将一帆风顺，而她将是他的贤内助。到时候，他会为她感到骄傲的，而她，她本来就是崇拜他的嘛。

不过在这些浮光掠影的白日梦里却流淌着一股焦虑的暗流。这种感觉很古怪，仿佛管弦乐队中的木管乐器和弦乐器正在演奏美妙动听的牧歌，而套鼓却在低音声部轻轻敲击着不祥的节奏。沃尔特迟早会回家的，一想到跟他见面的情景，她的心跳就加速。那天下午他离开时，一句话也没跟她讲，这有些反常。当然了，她不是怕他。话说回来，就算他知道了，又能怎样呢？她一遍又一遍这样想着，却无法抚平心头的不安。她又在心里默念了一遍要对他说的话。大吵大闹又有什么用呢？她觉得很对不住他，老天作证，她并不想伤害他。可是，她不爱他，这种事是没办法解决的。她不希望他太难过，不过他们已经犯了一个错误，现如今最明智的做法就是承认它。她会一直念着他的好的。

尽管她这么想，可手掌心里的冷汗还是突然冒了出来。她还是害怕，这让她感到恼怒。他要是想大吵大闹，就随便好了，这是他的事。到时他要是吃不消喽，可不要见怪。她会跟他这么说：其实她一点儿也不喜欢他，自从结婚以来她没有一天不后悔的。他多无趣啊！哦，让她感到厌烦、厌烦、厌烦！他倒是觉得自己比谁都强，真可笑！他一点儿幽默感也没有。她讨厌他那目空一切、傲慢自大的样子，他的冷漠，还有他的克制。倘若一个人只对自己感兴趣，那么做到克己这一点是很容易的。她讨厌他。她讨厌他吻她。他为什么非要这么自以为是？他的舞跳得糟透了，每次举办派对都扫别人的兴。他既不会弹奏乐器，也不会唱歌，更不会打马球，网球也打得不怎么样。桥牌？谁会在乎什么桥牌呢！

基蒂震怒了。让他怪她好了！这一切都是他的错！谢天谢地，他终于认清了这个事实。她讨厌他，希望再也不要见到他。是的，她从心底感谢上帝，这一切终于结束了。为什么他不放开她呢？他死缠烂打地让她嫁给了他，如今她受够了！

"受够了，"她一遍遍大声重复着，声音因愤怒而颤抖，"受够了！受够了！"

她听到车子在他们家的花园门口停住了。他上了台阶。

Chapter 18

　　他进了屋。她的心纷乱地跳着，手也在颤抖；还好她躺在沙发上。她手里拿着一本打开的书，假装在阅读。他在门口停了一会儿，两人的目光相遇了。她心里一沉，一股寒意贯彻全身，让她抖动了一下。她当时的那种感觉，就像是有人在自己的坟墓上走来走去。他的脸像死人般苍白，这样的脸色她以前见过一次，那是在当年他俩坐在公园里，他向她求婚的时候。他深色的眼睛一动也不动，看上去大得那么不可思议，给人一种难以捉摸的感觉。他什么都知道了！

　　"你回来得有点儿早。"她说。

　　她的嘴唇颤抖着，差点儿连话也说不出来了。她吓坏了。她担心自己很快就会晕过去。

　　"我觉得跟以前差不多。"

　　他的声音在她听起来很奇怪，最后一个词的语调故意向上扬了。他本想让自己说的话显得随意些，却不小心加重了语气。她担心自己手脚的颤抖被他察觉。为了不让自己尖叫出来，她费了很大的劲儿。他的目光终于垂了下去。

"我去换件衣服。"

他走出了屋子。她整个人已经筋疲力尽了。有那么两三分钟，她连动都动不了。最后，她挣扎着从沙发上坐了起来，就像是大病初愈，至今仍很虚弱。她站稳了脚跟。她不知道双腿是否能够支撑住自己，一路扶着椅子和桌子走到了走廊上，然后用一只手撑着墙壁，挪回了自己的房间。她套上了一件喝茶时穿的衣服。当她返回自己的闺房时（招待客人的时候他们才会使用会客室），他正站在桌子旁看《每日摘要》[1]上的图片。她强迫自己走了进去。

"咱们可以下去了吗？晚饭准备好了。"

"我让你久等了吗？"

她控制不了嘴唇的颤抖，真是糟透了。

他会在什么时候说呢？

两人坐了下来，一时间谁也没说话。然后他开了口，说了句不合时宜的平时说的话，听起来有一种不祥的感觉。

"女王号今天没有来，"他说，"我猜是不是因为暴风雨延误了日期。"

"应该今天到吗？"

"是的。"

她看了看他，发现他的眼睛正盯着自己的盘子。他又说了些什

---

[1]《每日摘要》，英国的一份报纸，创刊于1909年，1971年被《每日邮报》收购。

么，还是无关紧要的小事，好像是关于一场即将进行的网球锦标赛的，说得很详细。平日里，他的声音富于变化，讨人喜欢，可现在他却用一个调子在说话，真是太不自然，太奇怪了。基蒂有了一种感觉，他似乎是在很远的地方跟她说话。自始至终，他的眼睛要么盯着盘子，要么盯着桌子或者墙上的画，可就是不看她的眼睛。她知道，他没有与她对视的勇气。

"咱们到楼上去好吗？"晚饭结束后他说。

"听你的。"

她站起来，他为她把门打开。她经过他身旁时，他的眼睛低垂了下去。等到了起居室，他再次把《每日摘要》拿了起来。

"是最新一期的吗？我好像还没看过。"

"我也不知道。我没注意。"

那报纸在那儿搁了两周了，她知道他早就看过很多遍了。他拿起报纸坐了下来。她再次靠到沙发上，捧起自己的书。一般来说，晚上就他俩的时候，他们要么玩双人扑克牌，要么就各玩各的。他坐在扶手椅里，身体朝后仰，舒舒服服的，似乎正沉浸在某张图片中，始终没有翻页。她想要读一会儿书，可纸上的字模模糊糊的，怎么都看不清。她的头开始剧烈地痛起来。

他要等到什么时候说呢？

两人在沉默中坐了一个小时。她不再假装读书了，干脆任小说滑落到膝头，盯着眼前的空气发呆。这时候，她不敢做出哪怕是最细微的动作，或是发出最轻微的声音。他呆坐着，看上去仍是那么舒舒服服的，眼睛瞪着，始终盯着那些图片。他的安静潜藏着某种危险，令人局促不安。基蒂觉得他就像一头蓄势待发的猛兽。

他突然站了起来，把她吓了一跳。她攥紧拳头，感觉整个身体都在变虚弱。

他要说啦!

"我有些工作要做，"他的声音仍是那么平静，不动声色，视线朝向一旁，"如果你不介意的话，我就去书房了。等我做完工作，你大概已经在床上了。"

"今天晚上我累得不行。"

"嗯，晚安。"

"晚安。"

他出了屋子。

Chapter 19

第二天一大早，她就给汤森的办公室打去了电话。

"是我，什么事？"

"我想见你。"

"我的小乖乖，现在我忙得要死。我在工作啊。"

"这事很重要。我能直接去你的办公室吗？"

"呃，不，如果我是你，才不会那么做呢。"

"嗯，那就到我家来。"

"我走不开。今天下午怎么样？你不觉得我现在不去你家会更好些吗？"

"我要马上见你！"

电话那头停了一会儿，她担心电话被挂断了。

"你还在吗？"她焦急地问。

"在，我在想办法。出什么事了吗？"

"电话里不能说。"

电话那头又停了一会儿，然后他才开始说话。

"喂，听着，我只能见你十分钟。你最好去周吉那儿，我会尽快赶过去。"

"那家古董店？"她惊惶地问。

"嗯，咱们可不能在香港酒店的会客厅里见面。"他说。

她在他的声音中察觉到了一丝不耐烦。

"好吧。我现在就去周吉那儿。"

Chapter 20

　　她在维多利亚大道上下了黄包车，走进那条陡峭而狭窄的小巷，径直来到铺门前。她在外面晃荡了一会儿，似乎注意力被那些橱窗里的古玩意儿吸引住了。不过，在门口招徕顾客的小伙计一眼就认出了她，脸上顿时露出一个狡猾的微笑。他用中国话对屋里的一个人说了些什么。接着，店主，一个穿着黑色长衫的肥脸小个子男人，出来招呼她。她赶紧走了进去。

　　"汤森先生还没来。你先到楼上去，好吗？"

　　她走到铺子后面，登上摇摇晃晃、黑乎乎的楼梯。那个中国佬紧跟上来，给她打开了通往卧室的门。屋里堆满了杂物，弥漫着一股鸦片烟的气味。她在一个檀木箱子上坐了下来。

　　过了一会儿，她听到一阵沉重的脚步声，楼梯也吱吱呀呀地响起来。汤森走了进来，随手把门关好。他的脸阴沉着，不过一看到她，阴霾顿时一扫而光，他的笑仍是那么迷人。他一把将她搂入怀中，亲了亲她的嘴唇。

"现在能告诉我出什么事了吧？"

"一看到你我就感觉好多了。"她笑着说。

他在床上坐了下来，随后点了一支烟。

"今天早上你的脸色苍白极了。"

"不奇怪，"她说，"我一整夜都没合眼。"

他看了她一眼。他仍在微笑着，不过他的笑容显得有些不自然。她看得出来，他眼中藏着几分焦虑。

"他知道了。"她说。

他沉默了片刻，之后才开始出声。

"他都说什么了？"

"什么也没说。"

"什么？！"他紧紧地盯着她说，"那你凭什么认定他知道了呢？"

"所有的事，他的脸色，他吃饭时说话的态度。"

"他发脾气了吗？"

"没，刚好相反，他客气得不行。结婚后他还是头一次没有吻我，就跟我道了晚安。"

她的眼睛垂下去了。她不知道查理听懂了没有。平日里，沃尔特总是将她拥入怀中，将自己的唇贴在她的唇上，舍不得放开。他的整个身体会因为亲吻变得温柔而激动。

"你觉得他为什么闭口不谈？"

"我不知道。"

又是一阵沉默。基蒂坐在檀木箱子上，身子一动不动，用焦虑的目光盯着汤森。他的脸再次变得阴沉，眉头皱了起来，连嘴角都向下垂了一些。之后，他猛然抬起头，眼睛里迸射出一道狡黠的光。

"他要是真的打算说点儿什么才怪。"

她没有说话。她不知道他的话是什么意思。

"说到底，他不是第一个对这种事视而不见的人。大吵大闹一场对他又有什么好处呢？如果他想吵架，早就闯进你的房间了。"他的眼睛闪着亮光，嘴唇咧开，化为一个大大的笑。"当时咱俩的样子真像是一对十足的傻瓜。"

"你真该看看昨天晚上他那张脸。"

"我猜他肯定很沮丧，受了打击，这是很自然的事。对任何一个男人来说，碰到这种事肯定是丢死人了。他的样子一直像傻瓜啊。在我印象中，沃尔特可不是一个会把家里的丑事朝外抖搂的人。"

"我也觉得他不会这么做，"她若有所思地回应，"他太敏感了，我早就发现了这一点。"

"这样的话，对咱们就太有利了。知道吗，站在对方的立场上去看问题绝对是个好办法。想想，如果你是他，碰到这种事会怎么做。对一个身处此境的男人来说，挽回脸面的唯一办法就是假装什么都不知道。我敢跟你打一万个赌，他肯定会这么做的。"

汤森越说越高兴。他的蓝眼睛闪着亮光，又成了那个活泼、快乐的人儿。他浑身散发着一股越来越浓的信心。

"老天作证，我可不想说他的任何坏话。直截了当地说吧，细菌学家可真没什么了不起的。西蒙斯一滚蛋，我就有可能成为殖民大臣。沃尔特继续留在我这儿，对他可是有好处的。他得为自己的生计考虑，就跟咱们一样。你觉得殖民政府会收容一个闹出丑闻的小子吗？相信我，他要是什么都不说就会得到一切，要是大吵大闹就什么都没有了。"

基蒂局促不安地扭了扭身子。她知道沃尔特是个多么害羞的人，也相信对这种事的恐惧和对公共注意力的惧怕会影响到他，不过她不相信他会受到物质利益的影响。或许她并不十分了解他，可查理呢，根本对他一无所知。

"你想过没有，他可是爱我爱得发疯？"

他没有回答，只是微笑着用调皮的眼睛望着她。她很熟悉，也很喜欢他的这种迷人表情。

"说吧，我知道你要说一些非同寻常的话。"

"嗯，知道吗，女人总有一种错觉，总觉得男人爱她爱得不行，可实际情况并不是这样。"

她第一次笑了起来，看来他的自信产生了效果。

"你说的这都是鬼话啊！"

"我觉得最近这段时间，你没怎么关注你的丈夫。或许他并不像以前那么爱你了。"

"无论如何我也不会奢望'你会爱我爱得发疯'！"她反击道。

"这你可就说错了。"

啊，听他这么说可真好！她知道他会这么说，她也相信他说的是真的，这让她心里暖乎乎的。他说话的时候从床上站了起来，走过来挨着她坐在檀木箱子上，并用胳膊搂住了她的腰。

"别再折磨你这可爱的小脑瓜了。"他说，"我向你保证，没什么可担心的。我敢打包票，他肯定会假装什么都不知道。知道吗，这种事是很难证明的。你说他爱你，或许他只是不想失去你。我发誓，如果你是我的妻子，不管出什么事我都会不在乎！"

她靠着他，软软地依偎在他的胳膊上。对她而言，她对他的爱简直是一种折磨。不过他最后的话点醒了她：只要她还在沃尔特身边让沃尔特爱着她，说不定他还是会爱她爱得要死，愿意承受任何羞辱呢。她明白那种感受，因为现在她对查理就是那种感觉。骄傲贯穿了她的全身，与此同时又对一个爱自己爱得如此卑贱的男人表现出一种淡淡的蔑视。

她双臂含情，环绕在查理的脖子上。

"你简直太厉害了。刚来这儿的时候我浑身抖得还像一片树叶，可现在你把一切都处理得那么妥帖。"

他用双手捧住她的脸，亲了亲她的嘴唇。

"亲爱的。"

"有你在，感觉真好。"她轻叹道。

"我确信你不用担心。你知道我会永远跟你在一起的，是不会辜负你的。"

她的恐惧消失了，可有那么一会儿，她又哀叹自己对未来的憧憬化为了泡影。现在所有的危险已经过去，可她倒几乎盼着沃尔特能坚持离婚。

"我知道你这个人靠得住。"她说。

"我希望这样。"

"你不回去吃午饭吗？"

"哦，去他的午饭吧。"

他将她拉得更近了些，现在她已被他紧紧搂在怀里了。他的嘴

在搜寻她的嘴。

"哦，查理，快把我放开。"

"没门儿！"

她笑了笑，那是一种充满了幸福的爱恋和胜利的笑，而他的眼中充满了渴望。他将她抱起来，让她紧紧贴住自己的胸膛，随后便锁上了门。

Chapter 21

整个下午，她一直在想查理对沃尔特的那番评论。晚上，他俩准备外出赴宴。他从俱乐部回来的时候，她正在梳妆打扮。他敲响了她的房门。

"进来。"

他没把门打开。

"我直接去穿衣服了。你需要多久？"

"十分钟吧。"

他再没说什么，而是去了自己的房间。他的声音中透露出的不自然，正是昨天晚上她听到的那种。现在她更相信自己的判断了。她在他换好衣服之前就打扮好了。他下楼时，她早就在车子里等着了。

"抱歉让你久等了。"他说。

"还好。"她回答，说话的时候她还能微笑。

下山路时她说了一两句什么，他的回答很随意。她耸耸肩，变得有些不耐烦了。要是他想闷着就随便他好了，她才不在乎呢。就这样，一路上两人谁也没再说话，一直到了目的地。宴会的规模很大，人很多，菜肴也很丰盛。在跟邻座的客人愉快地聊天时，基蒂一直观察着沃尔特。他的脸苍白无比，显得很憔悴。

"你丈夫瞧上去怎么那么累。我想他不介意这里的酷暑吧。他的工作很辛苦吗？"

"他的工作一直都很辛苦。"

"我猜你们很快就要外出了吧？"

"哦，是的，我希望还能像去年那样，再去一次日本，"她说，"医生说要是我不想垮掉的话，就得逃离这里的酷暑。"

沃尔特没像平日里他们出去吃饭时那样时不时送她一个微笑的眼神，他一眼都没看她。他从楼上下来朝车子走去时，一直在看别的地方。她早就注意到了这一点。当他带着平日里的那种礼貌，伸出手挽扶她从车上下来时，仍在看别的地方。这会儿，跟左右女宾聊天时，他仍没有笑容，而是目不转睛地盯着她们看。他的眼睛瞧上去真的很大，嵌在那张苍白的脸上，显得乌黑无比。他一脸严肃。

"他肯定是个令人愉快的家伙！"基蒂不无讽刺地想着。

想到那些不幸的女士想方设法跟那个带着一脸苦相的家伙闲聊，基蒂就觉得很好笑。

他显然已经知道了，这一点没有任何疑问。他也已经对她心生怨恨，可他为什么至今都闭口不提呢？难道是因为他爱她太深，所以尽管自己受了伤害又有满肚子的怨气，却生怕她离开自己才这么做的？想到这儿，她越发看不起他了，不过是那种温和的看不起，毕竟他是她的丈夫，既供她吃又供她住。只要他不干涉她的事，任她为所欲为，她还是应该对他好点儿。话又说回来，说不定他的沉默只是因为过分胆小。查理说得没错，再没有谁比沃尔特更害怕丑闻了。但凡是还能忍，他是不会说什么话的。他跟她说过，有一回法院传他出庭作证，害得他几乎一周都没怎么睡觉。他的害羞是种病。

还有另外一件事：男人都很好面子。只要没人知道这事，沃尔特是很愿意装聋作哑的。然后，她开始琢磨查理说过的那番话。他说沃尔特是个能分清哪头轻哪头重的人。他说的有没有可能是对的？查理是殖民地最受欢迎的人，很快便会成为下一任殖民大臣。他对沃尔特来说大有用处，要是沃尔特揭了他的老底，恐怕沃尔特也捞不到一点儿好处。想到有这么一个优秀而有决断力的情人，她的心情就愉快无比。每当被他强壮的胳膊抱在怀里时，她就感觉自己绵软无力。男人们真让人看不透，她觉得沃尔特无论如何也不会干出如此龌龊的事，可知人知面不知心，或许他的严肃外表只是掩盖卑劣性情的面具。她越想越觉得查理说得在理。当她再次将目光投射到自己丈夫身上时，发现他并未跟邻座的人埋头聊天。

他两旁的女客正在和另一边邻座的人聊天，他一下子成了孤家寡人。他的目光直直地盯着前方，似乎已经把宴会忘得一干二净。他的眼中充满了极度的忧伤，这让基蒂浑身一震。

Chapter 22

第二天吃过午饭，她正在床上小憩，忽然被一阵敲门声吵醒。

"谁呀？"她生气地喊道。

在这个点儿她可不习惯被打扰。

"我。"

她听出是丈夫的声音，赶紧从床上坐了起来。

"进来。"

"我吵醒你了吧？"进屋时他问。

"确实是这样。"她的声音显得颇为自然，过去两天她一直在用这样的语调跟他说话。

"到隔壁房间去吧。我有点儿事跟你说。"

她的心猛地一跳，都撞到了肋骨上。

"我先穿上晨衣[1]。"

他走了。她光着脚，穿上拖鞋，裹上晨衣。她看了一下镜子里的自己，脸色是那么苍白，于是就擦了些胭脂。她在门口站了一会儿，为谈话做好了心理准备，然后壮着胆子去见他。

"你怎么这个时候离开实验室？"她说，"在这个点儿见到你可真稀奇。"

"你不坐下吗？"

他并没有看她，只是严肃地说着话。她倒是很愿意照他说的去做——她的膝盖有些发颤。她没有再像刚才那样开玩笑似的说话，便保持了沉默。他也坐了下来，点燃了一支香烟。他的目光在屋内游移，似乎有些难以开口。

突然，他的眼睛对准了她。他的目光已经游离了这么久，在猛地开始直视她时，她竟被吓得差点儿叫出声来。

"听说过'湄潭府'吗？"他问，"最近报纸上有很多报道。"

她吃惊地盯着他，犹豫起来。

"就是那个闹霍乱的地方吗？阿布斯诺特先生昨天晚上说过。"

"那儿正在闹瘟疫。我觉得这次是多年以来最严重的一次。那儿以前有个教会的医生，三天前不幸染上霍乱去世了。那儿还有座法国人建的修道院，当然了，还有一个海关的人。其他的人都走掉

---

[1] 晨衣（dressing-gown），也被称为梳妆服，起床后穿在睡衣外面的宽松外套。

了。”

他仍盯着她的眼睛，她无法将目光移开。她想从他的表情中看出些什么，可因为太紧张，她除了看到他少有的严峻之外，一无所获。他怎么瞧上去那么镇定，眼睛连眨都不眨一下呢？

“那些法国修女已经尽力了。她们早把修道院改建成了医院。可是，人们仍像苍蝇那样死去。我已经申请去那儿，接手这一切。”

“你？”

她心中一阵狂乱。她首先想到的是，如果他去了，她就自由了。从此以后，她与查理幽会就没什么顾忌了。不过这想法也让她吓了一跳。她觉得自己的脸刷的一下就红了。他为什么还在那样盯着她看？她羞愧地将目光移到别处。

“有必要吗？”她支支吾吾地说。

“那儿连一个外国医生也没有。”

“可你并不是医生啊，你是细菌学家。”

“我是个医学博士，这你是知道的。在专门研究细菌之前，我已经在医院里做过大量的日常医护工作。我首先是位细菌学家，这对我开展工作有帮助。对我的研究工作而言，这是个绝好的机会。”

他近乎用粗鲁的态度跟她说话。她瞥了他一眼，惊讶地发现他的眼神之中似乎透露着嘲笑，这真让她感到迷惑。

“可是这么做不是很危险吗？”

“非常危险。”

他笑了，那是一种带着嘲弄的怪笑。她用一只手支着额头。简直是自杀，就是这么回事！太可怕了！她从未想过他会用这种办法结束此生。这么做太残忍了！她不爱他，这也不是她的错，可他竟然为了她而选择自杀。想到这儿她就受不了，泪水顺着她的两腮淌了下来。

"你哭什么？"

他的声音很冷淡。

"你没有义务去，对吗？"

"是的，我是自愿去的。"

"求你了，沃尔特，别去。万一出点儿什么事就太糟了。要是你死在那儿该怎么办？"

尽管他的脸上仍无表情，然而一丝微笑却再次划过他的眼睛。他没回答。

"那地方在哪儿？"停了一会儿，她问。

"你是说'湄潭府'？在西河的支流上。咱们先沿着西河逆流而上，然后再改乘马车。"

"咱们？"

"我和你。"

她闪电般看向他。她怀疑自己是不是听错了。这会儿，他的微笑已经从眼睛里转移到了嘴角。他的黑眼睛在盯着她。

"你希望我也去吗？"

"我觉得你肯定愿意去。"

她的呼吸开始变得急促，一个寒战贯彻她的全身。

"可那儿不是女人待的地方。那个传教士医生几周前就把妻子、孩子送走了。送阿司匹林的那个男人和他的妻子也刚到香港。

喝茶的时候我见过他的妻子。我记得她曾说因为霍乱他们才离开那儿。"

"那儿还有五个法国修女。"

惊恐俘获了她。

"我不知道你是什么意思。让我去那儿，真是疯了！你知道我的身体有多柔弱。黑伍德医生执意让我离开香港去避暑。我受不了那儿的酷热，还有霍乱。我会被吓得神经错乱的。去那儿简直是自讨苦吃！我没理由去那儿！我会死的！"

他没有说话。她绝望地望着他，都快要哭出来了。他的脸色突然变得死灰一般，这把她吓坏了。她从他的眼神中看到了憎恨。难道他要让她去死吗？她对自己无法容忍的想法进行了回应。

"太荒唐了！要是你觉得自己该去那就去好了，这是你的事，不过可别盼着我也去。我讨厌疾病。那可是流行性霍乱啊！我可不想逞强，也没那个胆子去。我要留在这儿，到时候就起程去日本！"

"我本以为当我即将踏上一段危险的旅程时，你会与我同行！"

他在公然讽刺她了。她感到很迷惑，不知道他是真的要这么做，还是只是吓吓她而已。

"我觉得，任何人都没有权利责怪我拒绝去某个跟我没有任何关系，而我去那里也帮不上忙的危险的地方！"

"你会派上大用场的，你可以为我加油鼓劲儿，也能安慰我！"

她的脸色又变得苍白了一些。

"我不知道你在说什么！"

"我觉得干这事一般智力就够了。"

"反正我不会去，沃尔特。你让我去，太不合情理了！"

"那我也不去了。我马上把申请取消掉。"

Chapter 23

　　她茫然地看着他。他的话说得太过突然，搞得她刚开始时差点儿没明白他的意思。

　　"你到底在说什么呀？"她支支吾吾地说。

　　甚至在她听来，自己这句话都透露着虚伪，她看到沃尔特阴沉的脸上露出了鄙夷。

　　"恐怕你一直都以为我是个大傻瓜。"

　　她不知道该怎么说。到底是愤慨地证明自己的清白，还是愤怒地谴责他，她还拿不定主意。他似乎读懂了她的心思。

　　"我已经掌握了所有的证据。"

　　她开始哭起来，泪水夺眶而出。其实她并未感到什么痛苦，也没有擦泪水的意思：哭泣给了她一点儿思考的时间。不过她的大脑仍是一片空白。他面无表情地盯着她。她没料到他竟然会丝毫不为所动。他变得不耐烦了。

　　"哭是没多大用处的，这你是清楚的。"

他的声调是那么冷淡，那么生硬，以致激起了她心中的怒火。她正在积蓄勇气。

"我不在乎。我猜你不会反对我跟你离婚。对男人们来说这点儿事儿算不了什么！"

"能否扪心自问，为何要让我为了你而犯难？"

"对你而言这没什么不同。让你像位绅士那样行事，这样的要求并不过分！"

"我考虑这么多全是为了你的幸福！"

"你说这话是什么意思？"她问他。

"除非汤森被指控通奸，否则他是不会娶你的。这案子如此丢脸，以致会毁掉他跟他妻子的婚姻。"

"你在胡说什么！"她嚷道。

"你这个愚蠢的傻瓜。"

他的语调中透露出莫大的蔑视，她气得脸都红了。或许是因为听惯了他平日里的甜言蜜语、恭维奉承，这便让她越发恼火了。以前她要是发脾气，他准会乖乖地哄她。

"想听真的是吗？那我就告诉你好了！他早就迫不及待地要跟我结婚呢！多萝西·汤森正巴不得跟他离婚。等我们自由以后就结婚！"

"这话是他跟你说的吗？还是仅仅是你从他的态度上得到的猜测？"

沃尔特的眼睛闪动着连挖苦带嘲笑的光亮。基蒂觉得有些心神不安。她并不太确定查理是否说过这样的话。

"他说过很多次呢！"

"你撒谎！你知道这不是真的。"

"他一心一意爱我。他爱我爱得火热，我爱他也爱得火热。这个你早就知道了！我什么都不隐瞒。我为什么要隐瞒？！我们已经做了一年的情人了，并且我为此感到骄傲。他是我的一切，这事你终于知道了，我觉得痛快极了！我们讨厌秘密和妥协这等事，讨厌得要死！我嫁给你是个错误，我千不该万不该这么做！我真傻！我从没爱过你。我们连一点儿相同的地方都没有。你喜欢的那些人我统统不喜欢，你感兴趣的那些东西我烦得要死！感谢上帝，这一切终于结束了！"

他依然盯着她，一动也没有动，脸上也没有任何变化。他虽然聚精会神地听着，表情上却没有任何表明他受到触动的变化。

"你知道我为什么要嫁给你吗？"

"因为你想在你妹妹多丽丝结婚前先把自己嫁掉。"

他说得没错。在意识到他知道这事以后，她的心情产生了一个奇怪的小转变。奇怪的是，在那一刻，尽管她又怕又气，却在心中激起了一丝怜悯。他微微笑了笑。

"我看你看得没错！"他说，"我知道你愚蠢、轻浮、头脑空虚，可是我爱你！我知道你的目的和理想都很势利、庸俗，可是我爱你！我知道你是二流货色，可是我爱你！想想真可笑，我曾那么努力地让自己对你觉得好笑的事发笑，我曾那么急切地向你掩盖我并非无知、粗俗、热衷散布丑闻和愚蠢。我知道你有多惧怕智慧，所以我处处谨小慎微，务必表现得和你认识的那些男人一样像傻瓜。我知道你跟我结婚只是为了一己之私。我爱你爱得这么深，我不在乎！据我所知，大多数的人在爱上别人却又得不到回报时往往会感到伤心失望，继而充满愤恨。我不是那样的人！我从未奢望过你能爱我，我找不到你会这么做的任何理由。我也从未觉得自己是个很有魅力的男人。感谢上帝允许我爱你，当我时不时觉得你对我满意或者看到你眼中闪过快乐的光亮时，我总是狂喜不已。我尽可能不让自己的爱烦扰你，我知道那么做我会赔付不起。我总是时刻保持警惕，捕捉你对我的爱意感到厌烦的蛛丝马迹，以便改变方式爱你。多数丈夫有权利得到的东西在我却是一种恩惠。"

从小听惯了甜言蜜语的基蒂，还从未听过这样的话。盲目的愤怒将恐惧赶走，在她的心中升起。愤怒似乎快要让她窒息，她感到太阳穴里面的血管正在膨胀、跳动。受伤的虚荣心能让一个女人变得比一头被夺去幼崽的母狮更加具有报复性。基蒂的下巴本来就有些宽，这会儿却像猴子的下巴那样朝前凸出了，她那双漂亮的眼睛也因为憎恨变得阴暗无比。但她还是控制住了自己的怒气。

"要是一个男人无法做到让一个女人喜欢他，那是他的错，可不是她的！"

"一点儿没错。"

他嘲弄般的语调让她变得更加愤怒。不过她觉得此刻继续保持冷静，会让他变得更受伤。

"我没上过什么学，也不太聪明。我就是个再普通不过的女人！我周围那些人喜欢的东西我都喜欢。我喜欢跳舞、打网球、去剧院，我喜欢爱运动的男人。说实在的，你总是让我烦，还有你喜欢的那些东西，对我来说，它们没有任何意义，我也不想让它们对我产生什么意义。你拽我去威尼斯看那些没完没了的画，可我宁可待在桑威治[1]打高尔夫，这会让我玩得更痛快些！"

"我知道。"

"我感到抱歉，我没能成为你心目中的那种女人！不幸的是，我总发现你肉体上的那些动作是那么令我反感。在这件事上你可怪不得我。"

"我不会。"

要是他能大发雷霆，基蒂处理起这种局面来就会容易得多，她可以以牙还牙。可是他一直保持着克制，真见鬼！现在她比以往任何时候都要恨他。

"我觉得你根本不算个男人。你既然知道我跟查理在屋里，为什么不闯进去？你至少应该狠狠揍他一顿。你不敢，对吗？"

这话一出口她的脸就红了，因为她感到了羞愧。他没回应，不过她在他的眼中看到了一种冰冷的鄙夷的神色。他嘴角一动，露出一丝微笑。

"或许就像历史上的某个人物，我不屑打架。"

基蒂实在想不出该用什么话回应他了，便耸了耸肩。一瞬间，他又在一动不动盯着她看了。

"我想该说的我都说了，如果你不跟我去湄潭府，我就取消申请。"

"你为什么不同意我跟你离婚？"

终于，他的目光离开了她的脸。他仰靠在椅背上，点起一支烟，一声不吭地把烟吸完，然后随手扔掉烟蒂，微微一笑，目光重

---

[1]桑威治（Sandwich），英国肯特郡东部一个市镇。

新回到她身上。

"如果汤森太太能向我保证她会跟丈夫离婚，并且他能给我开具书面保证，保证他能在两份离婚判决书下来之后的一周内娶你，我就同意。"

他说话的语气让她隐约感到不安。不过自尊心还是让她高傲地接受了他的提议。

"你真是太慷慨了，沃尔特！"

让她感到吃惊的是，他突然大笑起来。她的脸被气红了。

"你笑什么？我觉得这没有什么可笑的！"

"真对不起。我敢说我的幽默感是很特别的。"

她皱着眉头盯着他。她想说些尖酸又伤人的话，却没有丝毫灵感。他看了一眼手表。

"要是你想在办公室里逮到汤森，就得抓紧时间了。要是你想跟我去湄潭府，后天就出发。"

"你想叫我今天就跟他说吗？"

"人们常说做事要趁早。"

她的心跳加快了些，不是因为她感到局促不安，而是因为……到底是因为什么，她也说不清楚。她盼着时间能充裕一些，好让查理做好心理准备。不过她是完全信任他的，他爱她，就像她爱他那样深。她甚至觉得，让查理可能会不愿接受强加在他们身上的紧迫性这个想法划过她的脑际，都是对他的一种背叛。她一脸严肃地转向沃尔特。

"我觉得你根本不懂得什么是爱。你根本想不到我和查理彼此间爱得有多深。相爱才是最重要的，如果要为了爱而不得不做出牺

牲，我和查理都会毫不犹豫。"

　　他什么也没说，朝她轻轻鞠了一躬，然后目送着她迈着高傲的步子走出房间。

Chapter 24

　　她让人给查理带进去一张小纸条，上面是这么写的：请见我，有急事！一个中国小伙子让她稍等，之后回来告诉她汤森先生五分钟以后就可以见她。她莫名地感到紧张。最后当她被带着走进查理的办公室时，查理上前来跟她握手。不过就在那个小伙子关上门的一刻，屋内只剩下他们两个时，他就把自己那种礼节性的友善态度放下了。

　　"听我说，亲爱的，你真不该在我工作的时候来。我有很多的事要做，况且咱们也不想给别人留下话柄。"

　　"要不是急事我才不会来找你呢！"

　　他笑了笑，然后抓住了她的手臂。

　　"嗯，既然都到这儿来了，那就请坐吧。"

　　屋里没有什么装饰，也不算宽敞，屋顶很高；墙壁被刷成褐色，深一道浅一道的。仅有的家具是一张大桌子、一架供汤森坐的转椅和一把供客人们坐的皮质沙发椅。坐在这样的椅子里，基蒂觉得浑身不自在。他坐在办公桌前，戴着一副眼镜。这还是她头一次见他戴眼镜。他注意到她正盯着眼镜看，就把它取了下来。

"读东西的时候我才用。"他说。

她的泪水情不自禁地滑下来，她甚至还不知道这是为什么，就开始哭了起来。她不是故意装给他看，而是出于某种本能，想激起他对她的同情。他疑惑地看着她。

"出了什么事？哦，亲爱的，别哭了。"

她掏出手帕，想要止住啜泣。他按了一下铃，等那男孩来到门口时，他走了过去。

"要是有人找我，就说我出去了。"

"好的，先生。"

男孩把门关上了。查理坐在沙发椅的沿上，用一只胳膊搂住基蒂的肩膀。

"基蒂宝贝儿，现在跟我说说是怎么回事。"

"沃尔特想要离婚。"她说。

她感觉到搂着她的胳膊一松，随即他的身体僵住了。一阵沉默之后，查理从椅子上站起来，再次坐到他自己那张椅子里去了。

"你到底是什么意思？"他说。

她赶紧看了他一下，因为他的声音沙哑了。她看到他的脸隐隐发红。

"我跟他谈了。我是直接从家来这儿的。他说他掌握了自己想要的所有证据。"

"你没说，对吗？你什么都没承认，对吗？"

她的心沉了下去。

"没。"她回答道。

"你确定吗？"他警觉地盯着她问。

"非常确定。"她又撒谎了。

他靠到椅背上，茫然地看着对面墙上的一张中国地图。她焦虑不安地盯着他。听到这个消息之后，他所表现出的那种态度已经让她有几分惊慌了。她本盼着他能将她搂入怀中，告诉她感谢上帝如今他们可以永远在一起了。不过话说回来，男人们都是很古怪的。她轻轻啜泣着，这次可不是为了激起什么同情，而是因为哭泣似乎成了很自然的举动。

"这下咱们可摊上大麻烦了，"他最后说，"不过慌是没有用的。哭也没有用，这你是知道的！"

她察觉到了他声音中的些许烦躁，便擦了擦眼睛。

"那不是我的错，查理。我身不由己！"

"你当然身不由己了。只是咱们的运气太糟了。我的错跟你一样多。现在应该做的是看看能不能平息这件事儿。我觉得你跟我一样，绝对不想离婚。"

她差点儿没能透过气来。她在他的脸上搜寻着什么，而他的心思完全不在她那。

"我想知道他的证据到底是什么。我不知道他怎么证明咱们曾在那间屋子里私会。总的来看，咱们该小心的地方都小心了。我敢说，古董店里那个老家伙是不会告发咱们的。尽管他看到过咱们进了古董店，可没有理由说咱俩不能一块去淘古董啊！"

与其说他在跟她说话，倒不如说他在自言自语。

"告发容易得很，可要拿出证据就困难多了。任何一位律师都会这么跟你说的。咱们的办法就是否认一切，要是他威胁提起诉讼，咱们就叫他见鬼去吧，然后迎战就是了。"

"我不能去法庭，查理。"

"为什么？恐怕你得去。天知道，我不想把这事搞得沸沸扬扬，可咱们也不能俯首帖耳地屈服。"

"咱们为什么要否认呢？"

"你问的这都是什么话？毕竟，这事不但跟你有关，也牵涉到我。不过，说真的，你根本不用害怕。不管用什么办法，咱们肯定能搞定你丈夫。唯一让我发愁的是如何找到做这事的最好办法。"

看上去他似乎想到了办法，因为他扭头看她时脸上浮现出了那种迷人的微笑。他说话的语调，刚才还有些冰冷生硬，这会儿却有些讨好她的意思了。

"恐怕你都吓坏了吧，小可怜。这样太糟了。"他伸出一只手，抓住了她的手。"咱们有了麻烦，不过会摆脱的。这不是……"他停住了，基蒂觉得他想说的是他不是第一次干这种事了。"目前最重要的是保持头脑清醒。你知道，我是永远都不会让你失望的。"

"我不怕。无论他做什么，我都不在乎。"

他的微笑依然，但他的笑或许有些勉强。

"倘若最糟糕的情况发生，我就跟总督说。他会臭骂我一顿，不过他人不错，又通世故。他会安排好一切的。丑闻一旦发生，对他可是一点儿好处都没有。"

"他能做什么？"基蒂问。

"他会给沃尔特施压。倘若他不能通过许以前途将他收买，他就会让他明白权力的意思。"

基蒂有些沮丧。她似乎无法让查理看清楚当前的形势有多么紧迫。他的轻描淡写让她感到不耐烦。她都后悔自己来他的办公室了。这个环境让她感到恐惧。要是她能被他抱入怀中，用胳膊环住他的脖子，她就可以把想说的话尽情宣泄。

"你不了解沃尔特。"她说。

"我知道每个人都要顾及自身利益。"

她全身心地爱着查理，可他的回答让她心里发慌，这么聪明的一个人竟然能说出这么蠢的话。

"我觉得你还没意识到沃尔特有多愤怒。你没见到他的脸色，还有他的眼神。"

他一时间没了回应，只是面带微笑地看着她。她知道他在想什么：沃尔特是细菌学家，地位不高，是不敢给殖民地上层官员找麻烦的。

"查理，自欺欺人是没用的。"她郑重其事地说，"沃尔特一旦下定决心干某件事，无论你或者别的人说什么，都不会对他起一丁点儿的作用。"

他的脸色又一次阴沉了。

"让我当被告是他的主意吗？"

"刚开始的时候是。后来我才想办法让他同意我跟他离婚。"

"嗯，情况还不算太糟。"他的神情又变轻松了。她在他的眼中看到了宽慰。"在我看来，这似乎是个脱身的好办法。毕竟这是一个男人所能做的最低限度的事，也是唯一不失体面的事。"

"可他开出了条件。"

他朝她投去诧异的目光，同时若有所思。

"当然了，虽然我不算有钱人，但我会尽我所能满足他。"

基蒂沉默了。查理说了她永远都不希望他说的话，这让她无言以对。她本希望自己能被他深情的手臂抱住，将炙热的脸埋在他的胸膛上，然后不假思索地一口气把话说出来。

"如果你妻子能向他保证她会跟你离婚，那么他就同意我跟他离婚。"

"还有呢？"

基蒂发现很难开口。

"还有……这话很难讲，听上去太可怕了——如果你能在离婚协议书下来后的一周内答应跟我结婚。"

Chapter 25

他沉默了一会儿，然后拉过她的手轻轻按着。

"知道吗，亲爱的，"他说，"不管发生什么事，咱们都不能让多萝西掺和进来。"

她茫然地看着他。

"可我不明白。那咱们怎么办？"

"嗯，咱们可不能只为自己考虑。知道吗，别的事也得考虑到，在这个世界上没有什么事比我跟你结婚更让我愿意的了，可这种事根本不可能。我了解多萝西，她是死活都不会跟我离婚的。"

基蒂被吓坏了，她又开始哭起来。他起身坐在她身旁，用胳膊搂住她的腰。

"别再让这些事烦扰你了，亲爱的。咱们必须保持清醒。"

"我以为你爱我……"

"我当然爱你了，"他温柔地说，"这一点你永远都不用怀疑。"

"如果她不跟你离婚，沃尔特就会把你推上被告席的。"

他用了相当长的时间来回答她。他的声音显得干涩沙哑。

"当然了，这样一来会毁了我的事业，可我觉得这么干对你也没什么好处。倘若最糟的情况发生，我就向多萝西坦白。她会很受伤，也会很痛苦，不过她会原谅我的。"他又想到了一个主意。"将这事和盘托出，这可能是个好主意。倘若她愿意去找你的丈夫谈，我敢说她会说服他保持沉默的。"

"这么说你是不想让她跟你离婚喽？"

"呃，我也要为自己的孩子考虑，对不对？老实说，我也不想让她伤心。我们在一起处得挺好。知道吗，对我而言她一直是个非常好的妻子。"

"那你当初为什么跟我说她在你眼中不值一提？"

"这话我可从来没说过。我说的是我并不爱她。我们已经有很多年没在一起睡过觉了，除了偶尔，比方说圣诞节啦，再比如她去英格兰的前一天，还有她回来的那天。她对这种事不怎么喜欢。不过我们一直都是极好的朋友。我并不介意告诉你，我很依赖她，这超过任何人的想象。"

"你想没想过，要是当初你不勾引我会对我更好吗？"

恐惧已经让她紧张得不行了，可她却如此平静地说出了这句话，这让她觉得很奇怪。

"你是我这么多年见过的最漂亮的小美人儿。我疯了似的爱上了你。在这一点上你可不能怪我。"

"可你说过永远都不会让我失望。"

"哦，上帝，我并不想让你失望。咱们现在的处境很紧迫，我愿意竭尽所能帮你摆脱这一切。"

"除了那件显而易见而又再自然不过的事。"

他站起身，回到了自己的座椅。

"亲爱的，你得明事理。咱们最好老老实实面对现实。我不想伤害你的感情，可我得跟你说实话。我非常喜欢我的事业。说不定哪天我就会成为总督，这是完全有可能的，当殖民地的总督真是舒服死了。除非咱们不把这事说出去，否则我连一点儿机会都没有。我或许无须离开政府部门，但这个污点会一直伴着我。要是真的离开了政府部门，我就只能在中国这个地方做生意，我最熟悉的只有这个地方。但不管走哪条路，多萝西都得留在我身边。"

"当初你有必要跟我说在这个世界上你什么都不要只要我吗？"

他的嘴角带着怒气垂了下去。

"呃，亲爱的，对男人们说的那些情话可不能太抠字眼儿。"

"你说的不是玩笑话，对吗？"

"那会儿不是。"

"要是沃尔特跟我离了婚，我该怎么办？"

"如果咱们说的根本站不住脚，那就听天由命好了。这事绝不会搞得沸沸扬扬，现在的人们可是宽宏大量多了。"

基蒂第一次想念她的母亲。她打了个寒战，再次看向汤森。此时她的痛苦中夹杂着些许怨恨。

"我确信你为我分担一些麻烦是没有任何困难的。"她说。

"彼此间说些伤感情的话并没有多大用。"他回答道。

她悲恸欲绝地哭起来。太可怕了，她爱他爱得这么深，而他却又让她如此痛苦。他是不可能明白他对她有多重要的。

"哦，查理，你知道我有多爱你吗？"

"别这样亲爱的，我也爱你啊。可是现在咱们并非在荒岛上生存，咱们得想尽一切办法从强加给咱们的现实中逃离出来。你得理智一点。"

"我怎么理智？对我来说，我们的爱就是一切，你就是我的全部。可对你来说，这段经历只是生活中的一个小插曲，这让我怎么承受得了！"

"那当然不是个小插曲了！可你得明白，你让我的妻子——我深深依恋的妻子——跟我离婚，然后娶你，从而毁掉我的事业，你要得也太多了！"

"这并不比我付出的多！"

"咱们的处境有天壤之别！"

"唯一的不同就是你不爱我。"

"一个男人可以很爱一个女人，但并不意味着要与她厮守余生。"

她的眼睛闪电般看向了他。她彻底绝望了，大颗的泪珠顺着脸颊滚落了下来。

"哦，太残忍了！你怎么能如此无情？！"

她开始歇斯底里地哭泣。他不安地朝门看了看。

"亲爱的，试着控制住自己。"

"你根本不知道我有多爱你，"她喘了一口气说，"没有你我都不能活。你一点都不可怜我吗？"

她再也说不下去了，开始号啕大哭起来。

"我不想如此无情，老天作证，我并不想伤害你的感情，但我得告诉你事实。"

"我的整个生活全毁了！你当初为什么不离我远点，别去撩拨我？我是哪里得罪你了吗？"

"好吧，如果你觉得舒服，就尽管把罪责加到我身上吧！"

基蒂的眼中突然露出愤怒的光。

"当初是不是我对你投怀送抱了？是不是如果你不屈从于我的请求，我就搞得你不得安生？"

"我可没那么说。不过如果你不向我发出明确的求爱信号，我是决不会想到跟你上床的！"

哦，真丢脸啊！她知道他说的是对的。此时他的脸阴沉而焦虑，两只手不安地胡乱摆动着，时不时朝她投去恼怒的一瞥。

"你丈夫不会原谅你吗？"过了一会儿他说。

"我没问过他。"

他本能地攥紧了拳头。她能看出他正在压抑已经来到唇边的恼怒的叫喊。

"你为什么不去找他，求他大发慈悲呢？他要是真像你说的那么爱你，肯定会原谅你的！"

"你太不了解他啦！"

Chapter 26

她擦了擦眼泪，试着让自己重新振作起来。

"查理，如果你不要我了，我就会死的。"

现在她不得不求他可怜自己了。这番话她本该马上告诉他的。当他知道了摆在她面前的可怕的选择，他的慷慨、他的正义感和他的男子气概必然会被全然激发出来。到时候他考虑的没有别的，只能是她的危险处境了。哦，她多么渴望得到他那甜蜜而又有力的胳膊抱着自己的感觉啊！

"沃尔特想让我去湄潭府。"

"呃？那地方不是正在闹霍乱吗？五十年来还从未遇到过这么厉害的瘟疫。那可不是女人该去的地方。你不能去那儿。"

"要是你不管我，我就只能去那儿了。"

"你什么意思？我不明白。"

"沃尔特要去那儿接替那位死去的传教士医生。他想让我跟他一块儿去。"

"什么时候？"

"现在。马上。"

汤森站了起来，将椅子朝后推了推，一脸疑惑地看着她。

"也许我很蠢，可我一点儿都不明白你在说什么。如果他想让你陪他去那个地方，那离婚又从何谈起？"

"他给了我选择。要么我必须去湄潭府，要么他向法院提起诉讼。"

"哦，我明白了。"汤森的语调中有了一丝不易察觉的变化，"我觉得他做得很让人敬佩，你说呢？"

"让人敬佩？"

"嗯，他去那儿简直是一场赌博。这种事我连想都不敢想。当然了，等他回来的时候，他就能得到一枚圣迈克尔与圣乔治勋章[1]了。"

"可我怎么办，查理？！"她叫喊着，声音中透着痛苦。

"嗯，我觉得在这种情况下，如果他想让你一块儿去，我实在想不出你有什么理由拒绝。"

"可这就意味着死。毫无疑问、确定无疑的死亡。"

"呃，没有的事儿，你说得有些夸张了。倘若他考虑到这一点，是不会忍心带你去的。你面临的危险不会比他大。其实，要是足够注意的话，是没多大的危险的。以前那儿闹霍乱的时候我去过，结果我毫发无损。最关键的是别吃任何没煮过的东西，什么

---

[1] 圣迈克尔与圣乔治勋章，是英国荣誉制度中的一种骑士勋章，设立于1818年4月28日。

生水果啊，生沙拉啊，这样的东西都不要吃；还有，水煮过才能喝。"他越说越自信，说得也渐渐流畅了。他的脸色甚至变得不再那么阴沉，整个人也变得越发畅快了。"毕竟这是他的工作，对不对？他的兴趣是那些虫子。你得替他考虑考虑，对他来说这是一个相当不错的机会。"

"可我怎么办，查理？！"她又说了一遍，这次没有痛苦，有的却是惊恐。

"要想理解一个男人，最好的办法就是站在他的立场上去看问题。在他看来，你就是一个小淘气，他不想让你受伤害。我一直在想其实他从未想过要跟你离婚，他从来没给过我那样的印象。他做出了一个自认为是非常慷慨的决定，你却拒绝了他的请求，惹他生了气。我并不想责怪你，不过为了大伙儿着想，我觉得你还是应该再稍微考虑考虑。"

"可是难道你不明白我会因此送命吗？难道你真的不明白，他之所以带我去那儿，就是因为他知道我去了就是死吗？"

"哦，亲爱的，别说傻话了。现在咱们的处境很麻烦，不是说胡话的时候。"

"你是铁了心不想理解我！"哦，她的心多痛啊！她有多害怕啊！她都想大喊大叫了。"你不能让我去送死！就算你不爱我，不可怜我，最起码也该有一个正常人的感情吧！"

"我觉得你这么说，让我感到很难堪。据我的理解，你的丈夫表现得颇为慷慨大度。如果你愿意让他原谅你，他是非常乐意那么做的。他想带你走，现在机会来了，去某个地方待上几个月，你便会远离伤害。湄潭府并不是什么疗养胜地，这一点我不否认。据我

所知，在中国，没有哪个城市是疗养胜地。在这件事上没什么可大
惊小怪的。其实，最糟糕的不过就是这样了。我觉得，在瘟疫蔓延
的地方，纯粹被吓死的人跟死于感染的人同样多。"

"可我现在就害怕了。沃尔特说这事的时候我差点晕过去！"

"我相信乍一听到这种事谁都会大吃一惊的，不过当你试着用
平静的心态看待它时，你就会没事了。这种事可不是谁都有机会经
历的。"

"我还以为……我还以为……"

她在痛苦中摇过来晃过去。他不再说话，脸上再次浮现出阴沉
的表情，直到现在基蒂才明白那张脸为何阴沉。此时的基蒂不再哭
了，她没了泪水，很平静。她的声音尽管很低，但语调却很坚定。

"你是想让我去喽？"

"没有选择的余地了，不是吗？"

"是吗？"

"要是你丈夫真的向法院提出离婚诉讼并且赢了官司，我也不
会娶你，我觉得不告诉你这一点对你而言是不公平的。"

他觉得定是过了一个世纪她才开口回答。她慢慢地站了起来。

"我觉得我丈夫从未想过要闹上法庭。"

"以上帝的名义，那你为何非要把我吓成这样？"他问道。

她冷冷地看着他。

"他知道你会弃我不顾。"

她沉默了。当你在学一门外语，读完一页文章时，乍一看不知
所云，直到某个词语、某个句子给了你线索；突然间，它的意义像
闪电一样划过你那困惑不堪的脑子。她现在的感觉正是这样。在朦

胧中，她略微察觉到了沃尔特的阴谋——那就像一幅黑暗、透露着凶兆的风景画，被电光一闪照亮，不过转瞬间就又被隐没在黑暗中了。而她被她在那一瞬间看到的一幕吓得浑身发抖。

"他发出这个威胁，是因为他知道你会因此而崩溃，查理。他看你看得这么准，真是奇怪。让我的幻想在残酷的事实面前破灭，这确实是他的风格。"

查理目光向下看着摆他在面前的一张吸墨纸。他的眉头微微皱起，嘴上带着怒气，什么话也没说。

"他知道你爱慕虚荣，胆小懦弱，只顾自己。他想让我亲眼看到这些。他知道面对危险的临近，你肯定会像兔子那样逃跑。他知道我被骗得有多惨，竟然相信你爱我。他知道你爱的只是自己，为了安然逃脱，会眼也不眨一下就把我抛弃。"

"倘若说这么难听的话能叫你心里舒服，那我觉得自己无权抱怨。女人们总是不能做到公平公正地看问题，总把错误推到男人身上。可事实上事出有因，总不能只怪一方。"

她没去理会他的打断。

"现在他知道的我全知道了。我知道你冷酷无情！我知道你自私自利，自私得用语言无法形容！我知道你连兔子的勇气都没有！我知道你是个骗子！我知道你是个卑鄙小人！让我感到悲哀的是……"她的脸因痛苦而骤然扭曲，"让我感到悲哀的是自己竟然是那么爱你！"

"基蒂。"

她苦笑了一声。他叫出了她的名字，声音还是那么动听，柔声柔气的，很自然地就说出来了，意义却少得那么可怜。

"你这个骗子！"她说。

他赶快将椅子朝后挪了挪。她的话让他面红耳赤，恼火不已。他搞不清楚她会做什么。她瞥了他一眼，眼神中露出一丝戏谑。

"你开始讨厌我了，对吗？嗯，讨厌我。现在你喜不喜欢我已经没有关系了。"

她开始戴手套。

"你打算怎么做？"他问。

"呃，别担心，你不会有任何损害的。你会非常安全的。"

"看在上帝的分儿上，别这么说，基蒂！"他深沉的声音中伴着焦虑。"你要知道你的事也关系到我。我迫切想知道接下来会发生什么。你打算怎么跟你丈夫说？"

"我打算跟他说我要跟他一起去湄潭府。"

"或许你同意了，他就不再坚持让你去了。"

话一出口，她便用一种异常奇怪的眼神看了看他。他不明白她为何要这么做。

"你不害怕了，对吗？"他问她。

"是的！"她说，"是你激发了我的勇气。深入一个霍乱肆虐的地方，这将是一种与众不同的体验！要是我死了……嗯，那就死掉好了。"

"我在竭尽所能对你好！"

她又看了他一眼，泪水再次涌上她的眼眶，她的心被某种情绪撑满了。她几乎情不自禁地想冲进他的怀里，使劲吻他的唇。然而，一切都无济于事了。

"实话告诉你吧，"她说，尽量让自己的声音显得镇定，"我这次是抱着必死的决心去的，我害怕极了。我不知道沃尔特那颗黑暗而扭曲的心在想些什么，不过我已经被吓得浑身颤抖了。我觉得，或许死亡才是真正的解脱。"

她觉得自己再也撑不下去了。在他还没来得及从椅子上站起来时，她就已经快步走到门口，出了屋子。汤森长长地出了一口气，他现在最需要的就是白兰地和苏打水。

Chapter 27

　　她回到家，发现沃尔特刚好在。她本想直接回自己的房间，可他在楼下客厅里，正对一个男仆吩咐着什么。她太悲惨了，以至于对肯定要来的羞辱表示欢迎。她停下来，面朝着他。

　　"我跟你去那个地方。"她说。

　　"呃，好。"

　　"你想叫我什么时候做好准备？"

　　"明天晚上。"

　　他的冷漠像矛尖一样刺痛了她。她不知道从哪儿来了一股虚张声势的劲头儿，说了一句让自己都感到吃惊的话。

　　"我猜想带几件夏天穿的衣服和一件寿衣就够了，对吗？"

　　她注视着他的脸，知道她的轻浮会把他激怒。

　　"你需要的东西，我早就告诉给你的用人了。"

　　她点了点头，上楼进了自己的房间。她太虚弱了。

Chapter 28

　　他们终于在朝目的地进发了。他们坐着轿子，日复一日地沿着一条狭窄的堤道行进，两旁是永远也看不到边的稻田。他们在黎明时分出发，直到炎热的酷暑迫使他们走进道边的小客栈中歇脚，然后再继续赶路，一直走到他们事先计划好的要过夜的镇子。基蒂的轿子打头儿，沃尔特的紧随其后，再后面是一队背负着被褥、杂货和设备的苦工，队形是没有的，零乱地前行着。基蒂对乡下路旁的那些风景不屑一顾。在漫长的行程中，只有哪位挑夫偶尔说的某句话或者唱的某段粗俗的歌谣打破这种平静。基蒂让自己那备受折磨的脑子，把发生在查理办公室里的那令人心碎的一幕的各个细节想了一遍。想起他对她说的那些话，还有她对他说的那些话，她沮丧地认为他们进行了一场枯燥无味而又无情无义的谈话。她想说的都没说，腔调儿也不像原本那样惹人爱怜。倘若她能让他看到她那无尽的爱意、心中的激情，还有她的无助，他是绝不会如此无情地不管她，任她去死的。她当时被吓懵了。当他明白无误地告诉她一点儿都不爱她时，她简直不敢相信自己的耳朵。当时她为何没有痛哭一场，就是因为这个，她俨然已经吓坏了。从那时起她就一直在哭泣，在痛苦地暗自流泪。

晚上在客栈时，她跟丈夫共处一间主卧室。她知道沃尔特就在离她几英尺远的地方，躺在他的行军床上，并未睡着，她就咬着枕头，不让任何声音传出来。可是在白天的时候，有了轿子窗帘的遮挡，她就让自己放开了。她的痛苦是那么深，以至于她随时都想撕破嗓子高声尖叫。她从未想过一个人可以承受这么大的痛苦。在绝望中，她问自己到底造了什么孽，竟会遭到这样的惩罚。她不明白查理为什么不爱她，她觉得这是自己的错，可她已经使出浑身解数百般讨好他了。他们在一起相处得那么好。在一块儿的时候，他们总是笑个不停。他们不但是情人，而且是朋友。她就是想不明白，她的心都已经碎了。她告诉自己要恨他、鄙视他，不过一想到再也见不到他了，她就不知道自己该怎么活下去。倘若沃尔特带她去湄潭府是为了惩罚她，那他就是在犯傻，因为现在的她还会在乎自己的命运吗？从此以后，她的生活再没有了目的。然而在二十七岁就结束这一生，未免也太过残酷了。

Chapter 29

乘着汽船在西河上逆流而上时，沃尔特一直在看书。不过在吃饭的时候，他总会尝试着跟她闲聊两句。基蒂觉得他跟她说话的样子，就好像她是他在旅程中碰巧遇到的某个陌生人。他仅仅是出于礼貌，聊些无关紧要的事，也许这样他才能让他们之间的那道鸿沟变得更清晰。

她回想起她顿悟沃尔特阴谋的那一刻。当时她告诉查理，沃尔特让她来找他，给了她两个选择，要么跟他离婚，要么陪他远赴疫区，从而让她自己看清楚他有多么冷漠、懦弱、自私。这已经确信无疑了。他玩的这一手儿倒是跟他那爱挖苦人的秉性挺一致的。他知道接下来事情会如何发展，在她回家之前就把她的女佣吩咐妥当。她在他的眼里看到了一种鄙视，既有对她的鄙视，也有对她的情人的鄙视。或许他心里这样想过：倘若他是汤森，在这个世界上便没有什么能够阻止他为了满足她的哪怕是一丁点儿奇异想法做出牺牲。她知道这毋庸置疑。不过，让她吃惊的是，他为什么要让她做这么危险的事？他知道这件事会把她吓得半死啊！刚开始时，她是这么想的：他只是想跟她玩玩，开个玩笑什么的。可是当他们真的上了路，从西河上了岸，乘着轿子穿行在乡下，她才知道他是认真的。她觉得他应该笑笑，然后告诉她其实她没必要来。他脑子里到底在想什么，她一点儿也猜不透。他肯定不是真的盼着她死，他爱她爱得是那么深。现在她知道爱是什么了，回想起来以前他曾表露给她的爱她的证明太多了——套用一句法国谚语：她是他的主宰。他不爱她了吗？这不可能。以前你爱一个人爱得很深，就因为她曾残忍地对待过你，你就不爱她了吗？她叫他受的苦还没有查理让她受的苦多啊！不过尽管这样，尽管她已经对他了解得透透的，可只要查理现在再给她发出一个暗示，她还是会抛开一切，投入他的怀抱的。尽管他把她抛弃了，也根本不爱她；尽管他冷漠又绝情，可她还是爱他爱得死去活来。

刚开始的时候，她觉得自己还是有机会的，只要等等就行了，沃尔特迟早都会原谅她的。她太过自信了，觉得自己是他的主宰，怎么都不会相信她的控制力已经彻底失灵了。再多的水也不能将爱的火焰浇灭。如果他爱她便迟早会心软，还会无法自拔地继续爱着她。可现在她并不这么确定了。傍晚，当他坐在客栈的直背黑檀椅子上，借着煤油灯发出的光亮读书时，马灯的光打到他的脸上，她得以在一旁舒服地躺着细细观察他。她躺在一张俨然已成为床铺的草褥子上，在黑暗中，不必担心被他发觉。借着灯光，她能看到他那匀称的五官——他的脸看上去是那么严肃，要使它们偶尔挤出一个开心的笑容实在是不可能的。他踏踏实实地读着书，心里不起半点波澜，仿佛视她在一千英里之外。她看着他翻阅书页，目光在书页上来来回回地游移。看来他根本没在想她。后来，桌子支起来了，晚饭端上来了，他才把书放到一旁，朝她看了一眼（她搞不懂他脸上的灯光怎么就让他的表情变得异常醒目）。她吃惊地在那眼神中看到了一种鄙夷。没错，这眼神让她大吃一惊。他彻底不爱她了吗？这可能吗？他要亲手设计害死她，这是真的吗？哦，这一切真是太荒谬了。这简直跟疯子的行径无异。或许沃尔特疯得并不厉害，想到这儿，她浑身打了一个寒战。她怎么会有这种反应？真奇怪。

Chapter 30

　　她的轿夫好久都没说过话了，这时却突然说起话来，其中一个还转过头来，用她听不懂的语言说着什么，还用手比画比画，想要引起她的注意。她顺着轿夫所指的方向望去，看到山坡上有道拱门。从西河上岸之后，他们已经见过不少这样的拱门，现在她知道那是专为某位幸运的单身汉或者贞洁的寡妇修建的纪念物，可这一个与众不同。在西边太阳的映照下，它的轮廓显得异常分明，要比她之前见过的那些奇怪得多，也漂亮得多。不知是为什么，见到这个情景，她有些不安。它似乎蕴含着某种意义，她无法用语言来形容。它矗立在那儿，预示着一种隐隐约约的危险，抑或是对她的一种嘲笑？这会儿，她正在经过一片竹林。竹子朝拱门的方向斜靠着，怪模怪样的，似乎要拦住她的去路。夏天的傍晚尽管是没风的，可那又窄又绿的竹叶还是在轻微地颤抖着。她觉得林子里有人，正在看着她打这里经过。现在他们已经到了山脚下，稻田到这里就没有了。轿夫们跨着大步，一摇一晃地走着。山脚下到处都是绿色的小土丘，一个接一个，彼此间挨得很近，就像是海岸边的沙地在潮汐退去后形成的一排排垄状的东西。她也知道这是一块什么地方，因为每到一座人口稠密的城市，她都会经过一个这样的地方。那是坟地。这会儿她才知道轿夫为什么要让她注意那山坡上的拱门了，他们的目的地到了。

穿过那道拱门，轿夫们停了下来，把轿杆从这个肩膀换到另外一个肩膀上。其中有一个轿夫扯出一块肮脏的破布，擦了擦大汗淋漓的脸。堤道弯弯曲曲地向下蜿蜒，道两旁散落着几处破烂不堪的房子。天渐渐黑了下来，突然，轿夫们开始兴奋地议论起来，随后猛地一跳，紧贴到一个房子的墙根下。基蒂被晃了一下，可没过一会儿，她就明白了轿夫们为什么会被吓一跳了。他们正在墙根旁站着窃窃私语，此时四个农夫抬着一口棺材无声无息地从他们身边匆匆走过。棺材没有刷漆，新鲜的木头在渐近的黑暗中散发出白色的光。基蒂觉得她的心被吓得顶着肋骨怦怦直跳。棺材过去了，可轿夫们仍站在那儿一动没动，似乎没了继续前行的勇气，这时后面有人吼了一声，他们才重新上路。但在这以后，谁也没再说过一句话。

他们又走了几分钟，接着拐了一个大弯，在一扇敞开的大门前停了下来。轿子放下了。她到了。

Chapter 31

　　这是座平房，她进了客厅。她坐下来，等苦力们挨个把他们的东西搬进院子里。沃尔特站在院子里，吩咐他们把东西放在这里或是那里。她累得筋疲力尽，突然听到一个陌生的声音，把她吓了一跳。

　　"我能进来吗？"

　　她的脸先是一红，随后又白了。她有些神经紧张，见到陌生人让她一时慌了手脚。一个人从黑暗中走了出来，因为又长又低的屋子里只燃着一盏昏暗的油灯——那人伸出了手。

　　"我叫瓦丁顿，是这儿的副关长。"

　　"哦，是海关的。我知道。听人说你在这儿呢。"

　　借着昏暗的灯光，她只能看出他是个小个子，很瘦，差不多跟她一般高，秃顶，脸小小的，没留胡子。

　　"我就在山脚下住，不过走这条路是不会看到我住的地方的。我觉得你们要是到我家去吃饭那就太累了，所以我便命人在这儿把饭做好了，我呢，也就不请自到了。"

"听你这么说，我感到很高兴。"

"你会发现厨子烧的饭还不错。沃森的男仆我一直给你留着呢。"

"沃森就是以前在这儿的那位传教士吧？"

"是的。非常好的一个人。要是你愿意，明天我就带你去他的墓地看看。"

"非常感谢！"基蒂微笑着说。

就在这时，沃尔特进来了。瓦丁顿进屋看基蒂之前已经向他做了自我介绍，这会儿，就听他说：

"我正跟你太太说呢，今晚准备跟你们一起吃饭。沃森死后，除了那些修女，我跟别人再没说过什么话，可我的法语说得又不怎么样。而且，跟修女聊天，能聊的话题就那么几个。"

"我刚才跟男仆说了，让他带些喝的进来。"沃尔特说。

仆人带进来一些苏打威士忌。基蒂发现瓦丁顿倒是挺不客气，自顾自地喝起来。从他说话的态度和放松自然的咯咯笑中可以看出，进屋的时候他是不怎么清醒的。

"能喝到这东西真是太幸运了！"说着，他转向沃尔特，"这儿的工作早就给你安排好了。这里的人们正像苍蝇一样死去。本地的行政官晕了头，姓余的上校，就是部队的头头儿，为了不让手下抢老百姓的东西，可是费了不少力气。要是再不及早采取措施，怕是咱们也会丢掉性命。我叫那群修女赶紧走，可她们就是不肯。她们想当殉教者，真是见了鬼了！"

他说得很轻松，声音里头透着一股飘忽的幽默，让你不得不一边微笑一边听他讲话。

"你怎么没走？"沃尔特问。

"呃，我的人已经死了一半，剩下的那些随时可能倒下。总得有人留下来料理后事吧。"

"你注射疫苗了吗？"

"注射了。沃森给我打的针。他自己也打了，却没起什么作用。"说着，他朝向基蒂，一张笑脸快乐地缩成一团。"我觉得要是预防得当的话，大的危险是没有的。水和牛奶煮开以后再喝，新鲜的水果和未煮熟的蔬菜不要吃。请问你带唱片来了吗？"

"没，我想我们没带来。"基蒂说。

"真是太遗憾了。我还以为你会带来呢。好久没听新唱片了，旧的那些我早就听厌了。"

男仆走了进来，问他们是否准备用餐。

"今晚诸位就用不着换晚装了，对吗？"瓦丁顿问，"我那个男仆上个礼拜死了，现在这个是个傻瓜，所以晚上我是不换衣服的。"

"我先去脱掉帽子。"基蒂说。

她的屋子就在他们现在说话的这间屋子的隔壁，屋内几乎没有家具。一个女佣正跪在地上，忙着从行李箱中取出基蒂的东西。她的身旁放着一盏油灯。

Chapter 32

　　餐厅很小，大部分的空间又被一张巨大的桌子占据了；墙上刻着描绘《圣经》中的某些故事的版画和一些说明性的文字。

　　"传教士都有这么一张大餐桌，"瓦丁顿解释道，"因为他们每年都会增加一个孩子，在结婚之初他们就要为未来的小冤家们准备好足够大的餐桌。"

　　房顶上挂着一盏大的煤油灯，这会儿基蒂能更加清楚地看到瓦丁顿的长相了。他的秃头骗了她，她本以为他已经不年轻了，可这时她才发现，他最多不过四十岁。他的额头又高又圆，让脸显得很小。那是一张圆溜溜的、没有棱角的脸，脸色红润。这张脸跟猴子的差不多，虽然丑了点，但并不缺少魅力。那是一张颇为可爱的脸。他的五官中，鼻子和嘴比孩子的大不了多少，一对蓝色的小眼睛倒是很亮。他的眉毛长得不错，却很稀。他的模样就像是一个可爱的老男孩儿。他不停地自斟自饮。吃饭的时候，能够很明显地看出来，他早就不清醒了。不过，即便他真的醉了，也不会骚扰别人，瞧他那副活泼快乐的样子，就像是萨梯[1]偷了某个正在睡觉的牧羊人的酒囊。

他聊到了香港，他在那儿有很多的朋友，想知道他们的近况。一年前他去那儿赌过一次马。他又聊到了比赛的马匹和它们的主人。

"顺便问一下，汤森现在怎么样了？"他突然问道，"他快当上殖民大臣了吧？"

基蒂觉得自己的脸刷的一下就红了，但她的丈夫并没看她。

"这不奇怪。"他回答。

"他就是这块料儿。"

"你认识他吗？"沃尔特问。

"是的，我跟他很熟。我们俩曾一起出外旅行。"

在河的对岸，响起了锣鼓声和鞭炮的噼啪声。在那里，离他们很近的地方，一座城市正处于惶恐之中——突如其来又冷酷无情的死亡在迂回曲折的街上狂奔。但这会儿，瓦丁顿却开始聊伦敦了。他说起了那里的剧院。他知道此刻正在那里上演的所有剧目，还向他们讲述了他最近一次离开家前看的剧目。回忆起那出低俗戏剧中的幽默时，他忍不住哈哈大笑；而想起音乐戏剧中那位女演员的美貌时，他又不停发出叹息。他兴高采烈地吹嘘说，他的某位表弟娶了其中最有名气的一个女明星。他还曾跟人家一起吃过饭，人家还送了他一张照片哩。有客人来访一起吃饭时，他总会拿出照片向他们展示。

---

[1]萨梯，希腊神话中的森林之神，半人身，半羊马身，好酒色。

　　沃尔特专注地看着他的客人，眼神漠然，还略带嘲讽。显然，他对这人一点儿兴趣都没有。出于礼貌考虑，他才不得不对他说的那些话题表示出些许兴趣。这些话题基蒂熟悉得很，而他却一无所知。席间，沃尔特总是面带微笑，但基蒂的心里却充满了恐惧。这究竟是为什么，她也说不清楚。在那位死去的传教士的房子里，在那座霍乱肆虐的城市的上面，他们似乎离整个世界无比遥远。三个孤独的人，彼此间是那么陌生。

　　饭吃完了，她从桌子旁站了起来。

　　"如果你不介意，我想该对你说晚安了。我要去睡了。"

　　"我也该走了，我猜沃尔特医生也打算睡觉了吧？"瓦丁顿答道，"明天一早咱们还得出去呢。"

　　他跟基蒂握了握手。他站得很稳当，眼睛却比刚才亮多了。

　　"明天我来接你，"他告诉沃尔特，"带你去见见行政官和余上校，然后咱们再一块儿去修道院。实话跟你说吧，你的工作早就安排好了！"

Chapter 33

　　晚上，奇怪的梦将基蒂折磨得痛苦不安。在梦中她似乎正坐在轿子里，轿夫们迈着大而不均匀的步子抬着她朝前走，她能感觉到轿子左右摇晃。她走进了城市，大而灰暗的城市。在那里，如潮的人群将她围住，用奇怪的眼神上下打量着她。街道狭窄弯曲，两旁的店铺的门都开着，里面摆满了奇怪的商品。她每走过一个地方，那里的交通就会完全停下来，那些卖东西和买东西的人也都停下来看着她。然后，她到了那道拱门跟前，它那与众不同的轮廓突然间变成了一个大怪物，它的轮廓变化无常，就像某位印度神灵正在挥舞的胳膊；从拱门下走过时，她听到有什么东西发出一阵嘲笑，那回声始终在她的耳畔转悠。然后，查理就向她走过来了，将她搂入怀中，说都是他的错，过去那么对她不是他的本意，因为他爱她，没有她便活不下去。她能感觉到他在亲吻她的唇，忍不住快乐得哭起来，还一遍遍问他之前为何会那样残忍无情。不过尽管她这么问，心中却清楚这都无所谓了。然后，就听见一声沙哑而粗鲁的叫喊声，他们就被分开了——在他们中间，一队穿着破旧的蓝衣服的苦力悄无声息地匆匆而过，肩膀上扛着一具棺材。

她猛地从梦中惊醒过来。

那座平房位于一座陡峭的小山的半腰，隔着窗户能看到山脚下那条狭窄的河，以及河对岸的城镇。黎明刚刚来临，河面上升起一团白雾，像裹尸布一样将群船裹住。那些船都下了锚，彼此间挨得很近，就像豌豆荚中的豌豆。船有几百条，在曚昽的晨光中一动不动，显得颇为神秘，这时你会有一种感觉，似乎它们不是安然入睡的，而是某种奇怪而可怕的东西让它们变得如此静默，而船夫们都像中了魔法，酣睡于舱底。

清晨渐近，阳光触摸着晨雾，晨雾散发出白色的光，就像是一颗渐逝的恒星发出的白色的光的幻影。河面上的雾气已经很薄，所以能微微辨认出那些拥挤的船只的大体轮廓和浓密的桅杆丛林，但再到群船的前面，除了一道耀眼的雾墙，还是什么也看不清。突然，从那片白色的云雾中赫然出现一个巨大而昏暗的城堡。瞧上去，那城堡不像是仅仅受了胆敢暴露一切的阳光的照射才现出真容，而更像是被魔法棒一指，从一个未知的世界中迸出来的。它凶神恶煞般地矗立在河的对岸。然而建造它的魔法师未就此打住，他魔棒一挥，城堡上方随即出现一道彩色的墙。片刻之后，从大片隐现的、被黄色的阳光不时触摸的晨雾中，渐渐显露出了翠绿和金黄的屋顶。那些屋顶瞧上去大极了，似乎不拘泥于某种即成的建筑造型。它们零散随意地彼此搭连，很难说井井有条。不过在这种任性与放肆之中，却颇有一番韵味。那里既不是堡垒，也不是庙宇，而是某位神灵的魔幻宫殿，绝非凡人可以踏足。这宫殿太虚幻、太神奇、太缥缈，决不可能出自凡人之手，它是梦的杰作。

泪水在基蒂的脸庞滑落，她瞪大眼睛看着它，双手紧紧抱在胸前，嘴巴微微张开，已然忘记了呼吸。她觉得自己的心从未这么轻盈过，她觉得自己的身体就像一个躯壳，此刻已落在脚下，她的灵魂在荡涤之后变得纯净无瑕。她相信，这就是美，就像享用圣饼[1]的信徒们信仰耶稣一样。

---

[1] 圣饼，天主教徒举行圣餐时食用的一种圆形的薄饼，上面往往刻有基督耶稣的画像。

Chapter 34

　　沃尔特一大早就出去了，中午只回来半个小时，吃了点东西，然后就又走了，直到晚饭做好了才回来。大部分时间里，基蒂是寂寞的。有段日子，基蒂从未离开过那间平房。天气热得不行，多数时候，她都在一张靠窗的长椅上躺着，试着读点东西。正午炙热的阳光把魔幻宫殿的神秘夺走了，现在看起来它不过是坐落在城墙上的一座普普通通的教堂，俗丽而破旧。不过因为在心旷神怡中曾见过它的模样，对她来说，这教堂还是有些与众不同。黎明、黄昏，再加上夜晚，她偶尔能再次捕捉到它的那种美。先前她看到的巨大无比的城堡，其实只不过是普通城墙的一部分而已。她的目光时常落在这高大灰暗的城墙上，思忖着在它的雉堞[1]后面，就是那座可怕的瘟疫肆虐的城市。

　　她大概知道那里正在发生可怕的事，但不是从沃尔特那儿得

----

[1] 雉堞，古代在城墙上面修筑的矮而短的墙，守城的人可借以掩护自己。

知的（沃尔特很少主动提起此事）。她问他的时候，他总是故意装出一副冷淡的样子回答她，这让她的脊背发凉。这些事是她从瓦丁顿和女佣那里获知的：每天都有一百人死去，染病的人极少有康复的；圣像被移出了废弃的教堂，放到了街上，圣像跟前摆满了供品；牲口被宰杀了，也被放到了圣像前，可这仍未能阻止瘟疫蔓延；人死得太快，根本来不及埋；有些家庭，人都死绝了，没人举办葬礼。统领军队的军官是个说一不二的家伙，倘若整座城市没有被暴乱和纵火侵袭，那就要得益于他的铁腕了。他强迫手下去掩埋那些无人掩埋的尸体，还曾亲手将一位面露难色、不愿进入一户被瘟疫侵袭了的人家的军官射杀。

有时候，基蒂被吓得心沉到了底，浑身直打哆嗦。虽说只要预防得当就不会有危险，可基蒂早被吓得魂不守舍了。她的脑子里曾有过疯狂的逃跑计划。离开这个地方，只要离开这里就行。按照事先打算的那样，她一个人走，什么都不带，去一个安全的地方。她也曾想过去求求瓦丁顿，把一切都告诉他，求他帮助自己返回香港。她也想过跪在丈夫面前，老老实实地说自己被吓坏了。尽管曾经他恨她，但他毕竟是人，有着人类的感情，肯定会可怜她的。

可这是不可能的。就算她走，能去哪儿呢？母亲那儿是不能去的，她的母亲会让她很清楚地认识到：嫁出去的闺女，泼出去的水。况且，她也不想去母亲那儿。她想去找查理，可他不要她。倘若她突然出现在他的面前，她知道他会说些什么。她见过他那阴沉的脸以及那双迷人的眼睛背后那狡猾的冷酷。到时候指望他能说几句可心的话，那简直是痴心妄想。她握紧了拳头——她真该以牙还牙，当初他怎么羞辱她的，就怎么还给他。有时候，她会被一种极度的狂乱控制，她恨不得当初沃尔特能跟她离婚。只要能毁了查理，她毁掉自己也在所不惜。一想起他对她说的某些话，她就会因羞愧而脸红。

Chapter 35

　　第一次跟瓦丁顿独处时，基蒂有意把话题引到了查理身上。他们来的那天傍晚，瓦丁顿就曾提起过他。她假装并不认识查理，称他只是丈夫的一位熟人。

　　"我不怎么喜欢他。"瓦丁顿说，"我总觉得他挺招人讨厌的。"

　　"你肯定是个很难被取悦的人。"基蒂回了一句，用的还是那种驾轻就熟的很机灵又略带戏弄的口气，"据我所知，他是香港最有人缘的人物。"

　　"我知道，那是他惯用的手段。他懂得如何赢得好人缘。他有一种天赋，就是让每个遇到他的人都觉得与他相见恨晚，情投意合。对他来说，如果是举手之劳，他总是很乐意帮忙的。即便你想让他做的他做不到，他也会想方设法给你一种感觉：这事之所以没做成，是因为超出了人类的能力范围。"

　　"这一点倒是挺有魅力。"

"除了魅力，什么都没有，我觉得魅力到了最后也会有点使人厌烦。跟一个不怎么讨人喜欢却真实些的人打交道要轻松得多。我认识查理·汤森很多年了，有那么一两回我见到了他脱下面具的样子——知道吗，我是个无足轻重的人，只是海关里的一位低级官员——我知道，在这个世界上他谁都不在乎，只在乎他自己。"

基蒂悠闲自得地在椅子上坐着，面带微笑地看着他，不停转动着手指上的结婚戒指。

"当然了，他会出人头地的。官场上的那一套他都知道。在有生之年，我一定会有幸尊称他为阁下，并在他进场时站起来向他致敬的。"

"大多数人都觉得他该着发迹。人们都觉得他的能力不一般。"

"能力？一派胡言！他是个很蠢的家伙。他给你一种印象，让你以为他总是很麻利地就把工作干完了，而做到这一点完全是因为他精明强干。其实根本不是这么回事。他简直就像一个欧亚混血的小职员，什么事儿都得拼命应付。"

"他是怎么赢得才智过人的名声的？"

"这个世界上蠢人很多的，当一个身居高位又没有官架子的人拍拍他们的肩膀，告诉他们他愿意为他们做一切事情时，他们会想当然地认为这人才智过人。当然了，这里面也少不了他妻子的功劳。坦白说，这个女人很有能力。她头脑清楚，她的意见总有采纳的价值。自从查理把她娶到手之后，身边就有了依靠，也再没有做过什么蠢事。对一个混官场的人来说，这一点很重要。他们是不想要聪明人的。聪明人有想法，而想法会带来麻烦。他们想要的是有亲和力、老练圆滑、不犯错的人。嗯，不错，查理·汤森是会爬到最高处的。"

"我想知道你为什么讨厌他？"

"我并不讨厌他。"

"那么你更喜欢他的妻子喽？"基蒂笑着说。

"我只是个老派的无足轻重的人，我喜欢有涵养的女人。"

"我觉得她既有涵养，穿着又有品位。"

"她穿得有品位吗？这个我倒没注意。"

"我总听人说他们是一对彼此恩爱的夫妻。"基蒂的目光透过睫毛在盯着他。

"他很爱她，这一点我敢打包票。我觉得这是他身上最正派的一点。"

"多么苛刻的表扬。"

"他有点绯闻，不过都不太严重。他这人狡猾得很，是不会让这些事给他带来麻烦的。当然了，他并不是一个耽于情爱的人，只是爱慕虚荣，希望被女人们崇拜罢了。他发福了，现在也有四十岁了，保养得挺好，不过刚来殖民地的时候，他的确是个帅小伙儿。我常听见他的妻子在被他征服的那些女人这事上戏弄他。"

"她对他的那些绯闻不太当回事，是吗？"

"哦，是的。她知道这种事都长久不了。她曾说愿意跟那些被查理征服的可怜的小情人交朋友，不过这些女人都太普通了。她曾说爱上她丈夫的那些女人都是再普通不过的二流货色，这事儿简直令她脸上无光。"

Chapter 36

　　瓦丁顿走后，基蒂把他无意间说的那番话仔细想了几遍。这话听上去可不是那么让人舒服，但她的脸上却不能表现出来。他的话一点没错，想到这些她就苦涩万分。她知道查理又蠢又自大，爱听别人的恭维话，她想起了他为了证明自己的聪明给她讲小笑话时脸上浮现出的那种满足感。他颇以自己的小聪明为傲。她竟把自己那火热的爱给了这么一个男人，就因为他的眼睛长得漂亮，身材长得好。她有多贱啊！她想鄙视他，因为她知道只要心里头还存有对他的恨，那就证明她还爱他。他是怎么对她的，她算是明白了。沃尔特一直以来都是瞧不起他的。呃，要是她能把沃尔特也赶出自己的脑子该有多好！她曾迷恋于他，他的妻子不是还在这事上拿他打趣吗？多萝西大概会交她这个朋友，可那样不就证明她只是个二流货色了吗？基蒂笑了笑，心里想：倘若母亲知道了自己的女儿被人家如此对待，该有多愤慨啊！

　　可到了晚上，她又梦到他了。她感觉到他的胳膊紧紧抱着她，还有他吻她唇时的那种火热的激情。他就是发福了，四十岁了，又能怎么样？她的心里不禁涌出一丝轻柔的爱意，她笑了笑，因为她知道他很在乎这事。因为他那孩子般的虚荣心，她更爱他了，她会为他感到难过，还会安慰他。当她醒过来时，却发现泪水正往下流。

不知道为什么，她觉得在梦中哭泣是如此悲凄的一件事。

Chapter 37

　　她每天都能见到瓦丁顿。一天的工作结束后，他总是上山来费恩的小平房坐坐。这样一周后，他俩就熟识了，要是换个别的环境，恐怕一年也熟不到这种程度。有一回，基蒂跟他说要是没有他，自己简直不知道该做什么才好。他大笑了一通，然后说：

　　"知道吗，在这儿，我和你是唯一脚踏实地说明白话的人。修女们生活在天堂里，而你的丈夫——是在地狱里。"

　　她漫不经心地笑了笑，心里头却在纳闷他这话到底是什么意思。她能感觉得到，他那对蓝色的小眼睛正在她的脸上扫描，虽然他的目光很友好，但还是叫她有些不安。她早就发现他这个人头脑很精明，恐怕他已经察觉她跟沃尔特之间的关系，这激起了他那愤世嫉俗的好奇心。她总是搞得他一头雾水，并从中获得了些许快乐，知道他坦率直白，没什么心机。他既不是智慧超群也不是才华出众，却能不加渲染而又辛辣地讲些有意思的事。还有他秃脑门下面那张好笑的孩子气十足的脸，一笑就扭曲起来，这让他说的那些话有时候显得异常古怪而有趣。他在港口上待过好多年，通常情况下都找不到一个跟他肤色相同的人聊聊天。他的性格就是在一种异乎寻常的自由中培养起来的。他脑子里的古怪念头多得是。他的直率让人神清气爽。生活在他看来似乎就是一场玩笑，他对香港上流社会的奚落是尖酸刻薄的，对湄潭府的那些中国官员也少不了挖苦嘲笑，甚至这即将毁掉这座城市的霍乱都成了他笑谈的对象。不论是讲悲剧还是说英雄故事，要是不加上点儿荒诞的东西，他就讲不出来。在中国待的这20年，他听过不少的轶事传闻。从这些人生见闻你就可以断言，这个地球纯粹是一个十分荒诞、古怪而又滑稽有趣的地方。

尽管他矢口否认自己是"中国通"（他曾信誓旦旦地说汉学家都是疯子），却能讲一口流利的中国话。他读书不多，知道的那些事都是听来的，可他却常常给基蒂讲中国小说里和中国历史上的故事，尽管说的时候用的是那种天生就具备的插科打诨的风格，但却意趣迭出，讲得十分生动。她觉得他很可能是在一种无意识的状态下站到了中国人一边，认为欧洲人都是野蛮人，他们的生活是愚蠢的，这种观点在中国很盛行，以至于就算是一个有判断力的人，也能在里头辨出几分真实。值得深思的是，基蒂从别人那儿听来的都是关于中国人如何如何颓废、龌龊乃至不堪入耳的话。除了这些，她还从未听过别的。这就像是窗帘的一角被提起了一小会儿，让她瞥了一眼那个她做梦都不会想到的丰富多彩的世界。

他坐在那儿，一直说话、大笑、喝酒。

"你不觉得自己喝得太多了吗？"基蒂直言不讳地说。

"喝酒是我生命中的乐事。"他答道，"除此之外还有个好处，喝酒能驱除霍乱。"

他走的时候已经喝得烂醉，可是他却能清醒地控制自己的仪态，这让他显得有些可笑，却并不讨人厌。

一天傍晚，沃尔特比平时回来得早了些，便让他留下来吃晚饭，席间发生了一件不同寻常的事。他们喝了粥，吃了鱼，之后男仆将一盘鸡肉和一份新鲜的蔬菜沙拉递给基蒂。

"我的上帝，你可不能吃这个！"看到基蒂取了一些，瓦丁顿不禁惊呼道。

"呃，每天晚上我们都吃这东西。"

"我妻子喜欢吃。"沃尔特补充道。

沙拉递给瓦丁顿时，他却摇了摇头。

"谢谢你们的好意，不过现在我还没自杀的打算。"

一脸阴沉的沃尔特笑了笑，自己吃上了。瓦丁顿再也没说什么，实际上，他突然就不说话了，真是叫人想不通。吃完饭，他很快便离开了。

的确，每天晚上他们都吃沙拉。来这儿以后，又过了两天，厨子带着中国人一贯的冷漠，送进来一份沙拉，基蒂想都没想就拿了一些吃起来。沃尔特赶紧向前俯下身体。

"你不能吃这个！男仆竟把这种东西端上来，真是疯了！"

"为什么不能？"基蒂盯着他的脸问。

"这么做很危险。这时候吃这个简直是疯了！你会没命的！"

"我就是想这么干。"基蒂说。

她开始从容不迫地吃起来。她显然是故意逞强，而自己还不自知。她用挑衅的眼光盯着沃尔特，发觉他的脸有些苍白，以为他已经怕了。然而当沙拉递到他面前时，他也拿了一些吃起来。厨子看到他们并不忌口，于是每天都会端上来一些。就这样，每天他们都在争相寻死。冒这样的险，简直是荒唐透了。一直担心被传染的基蒂之所以这么做，一方面是为了报复沃尔特，另一方面也是为了嘲笑自己那极度的恐惧。

Chapter 38

　　第二天下午，瓦丁顿又到平房来了，坐了一会儿，然后问基蒂是否愿意跟他一块儿去散散步。自从来这儿之后，她就没出过门，便欣然同意了。

　　"恐怕可供散步的地方不多，"他说，"咱们就到山顶走一走吧。"

　　"好的，拱门不就在那儿吗？我常站在阳台上看它。"

　　一个男仆为他们将厚重的大铁门打开，他们来到了门外的小土路上。走了几步之后，基蒂突然抓住瓦丁顿的胳膊，脸上露出惊恐的表情，尖叫了一声。

　　"看！"

　　"怎么了？"

　　平房周围的围墙下躺着一个人，两腿挺直，胳膊甩到脑袋后面，身上穿着破破烂烂的蓝衣服，头发蓬乱，是个中国乞丐。

　　"像是死了。"基蒂喘着气说。

"是死了。走吧，你最好朝别的地方看。回来以后我会叫人把他弄走。"

可基蒂浑身抖得像筛糠一样，哪还动得了。

"以前我从未见过死人。"

"快走吧，到时候就习惯了，因为这一路上咱们恐怕会碰到不少死人呢。"

他抓住她的手，让她搂住他的胳膊，然后他们默不作声地朝前走了一会儿。

"他是得霍乱死的吗？"她问。

"我想应该是。"

他们朝山上去了，一直走到了拱门那儿。拱门雕刻得很讲究，色彩也很艳丽，瞧上去有些古怪又颇具讽刺意味，似乎在周围这一带，它是一个地标性的建筑。他们坐在拱门的基座上，面对着广阔的原野。山坡上到处都是绿色的小坟冢，一个个挨得很近，没有规矩，乱七八糟堆放着，让你不禁会想，这些人在地底下肯定也横躺竖卧，不得安宁。狭窄的堤道在绿色的稻田中蜿蜒向前。一个小男孩坐在一头水牛的脖子上正赶着它慢慢朝家走，三个戴着大草帽的农民背着沉重的庄稼，身子歪歪斜斜地走着路。一天中最热的时候过去了，傍晚时分坐在这儿吹吹凉风，也是一件惬意的事。还有，乡村广阔的原野在眼前铺展开去，放眼一望让人备感轻松，也能勾起莫名的感伤。基蒂长久以来饱受苦痛的心得到了纾解，但始终忘不了刚才那个死去的乞丐。

"身边的人正在死去，为何你还能又说又笑、喝威士忌呢？"她突然问。

瓦丁顿没说话，他转过身子看向她，用手扶住了她的胳膊。

"知道吗，这不是女人待的地方。"他神情凝重地说，"你为什么不走呢？"

她的目光透过那长长的睫毛瞥了他一眼，嘴角露出一丝微笑。

"我觉得在这种情况下，一个女人应该跟她的丈夫在一起。"

"他们给我发电报说你要来，当时我就震惊了。后来我转念一想，没准你以前做过护士呢，这儿的工作也有你的份儿。我本以为你是个严肃冷酷的女人，一旦进到医院，就会过上悲惨的生活。当我走进平房，看到你坐在那儿休息时，着实吃了一惊。你看上去已经筋疲力尽，脸色苍白，柔弱得不得了。"

"在路上连走九天是不会有好样子看的。"

"你现在看上去也是那么纤弱、苍白和疲惫，还极其不高兴，如果你允许我这么说的话。"

基蒂的脸不禁红了起来，可她还是大笑了一声，那声音听上去倒是蛮快乐的。

"你不喜欢我的脸色，对此我感到抱歉。我之所以一脸苦相，是因为十二岁那年我意识到自己的鼻子有点长。而捕获人心的最好方式就是装出一副可怜相——你不知道有多少帅气小伙儿想安慰我呢。"

瓦丁顿那对蓝色的小眼睛在盯着她放光，显然对于她说的话，他是一个字都不信的。不过只要他不说出来，她也就装作若无其事。

"我知道你结婚并没有多长时间，于是我得出结论，你和你的丈夫都疯狂地爱着对方。我不相信是他叫你来的，说不定你不想一个人待在家里头呢。"

"这倒是个蛮合理的解释。"她心不在焉地说。

"的确，却并不正确。"

她等着他继续说下去，又担心他要说的那些话，因为她对他的精明早就有了了解。他心里想什么，嘴上就会说什么，是一点都不会迟疑的，不过她还是忍不住想听听他对自己的评价。

"你爱你的丈夫，我从不这么认为。我觉得你并不爱他，就算是你恨他，我也不会感到吃惊的。不过有一点我是非常确定的，你怕他。"

有那么一会儿，她将目光移到了别处。她不想让瓦丁顿看到他说的话影响了她。

"我怀疑你不太喜欢我的丈夫。"她的语气很冷淡，透露着嘲弄的意味。

"我尊敬他。他有脑子又有性格。我要告诉你的是，这两者结合到一个人身上很不同寻常。我觉得你并不清楚他在这儿的工作，因为我觉得他并不是一个健谈的人。要是有人能凭一己之力将这场可怕的瘟疫扑灭，那么那个人就是他。他诊治病人，整顿城市，净化饮水。他一点儿都不介意要去哪里，要做什么。他在拿生命冒险，每天都要冒二十次这样的险。现在余上校完全听他的了，整个军队也完全受他指挥。他甚至让行政官又看到了希望，现在这老头子正努力做事呢。修道院的修女们对他深信不疑，她们都认为他是英雄。"

"你不这样认为吗？"

"毕竟这不是他的本职工作。他是细菌学家，没人让他到这里来。我觉得他也不是出于对那些垂死的中国人的同情。沃森就不一样了，他热爱人类。尽管他是个传教士，不过在他眼中，基督徒、佛教徒和儒教徒都是一样的，他们都是人。你丈夫之所以到这儿来，不是因为他在乎那些数以万计的死于霍乱的中国人，也不是出于对科学的热爱。那他为什么到这儿来？"

"你最好去问他自己。"

"我对你们俩如何相处很感兴趣。我有时会想，你们单独相处时会是什么样。我去你家时，你在演戏，你们俩都在演戏。天啊，演得真是糟透了。要是你俩的演技就是这样子了，那么待在巡回演出团里一周，你俩连三十先令都赚不到。"

"我不明白你的意思。"基蒂尽可能装出一副轻浮的样子笑着说，不过她知道这是骗不了他的。

"你是个很漂亮的女人。你的丈夫一眼都不看你，这一点很奇怪。跟你说话的时候，那声音听上去不像是他的，而像是别人的。"

"你觉得他不爱我吗？"基蒂突然将她的轻浮扔到一旁，哑着嗓子低声问。

"我不知道。我不知道你是否让他感到那么讨厌，以至于他靠近你时浑身都要起鸡皮疙瘩。或许他的心里燃烧着火热的爱，只是基于某种原因而埋藏了起来。我问过自己，你们俩到这儿来是不是为了双双自杀的。"

基蒂想起了她和沃尔特吃沙拉的那一幕，当时瓦丁顿先是大吃了一惊，之后若有所思地看着他们。

"我觉得你太看重几片莴苣叶了。"基蒂信口说道，然后站了起来，"咱们可以回去了吧？我猜你现在需要来杯苏打威士忌。"

"你并不是个女英雄嘛。你都快被吓死了。你确定不走？"

"这跟你有什么关系？"

"我可以帮你。"

"你也被我的不幸打动了吗？瞧瞧我的侧脸，然后告诉我我的鼻子是不是有点长？"

他若有所思地看着她，明亮的眼睛里透着嘲笑和讽刺，而背后却是一种由衷的善意，这种善意就像一棵树在河面上的倒影。基蒂的泪水夺眶而出。

"你必须留在这儿吗？"

"是的。"

他们穿过装饰华丽的拱门，朝山下走去。到了平房那儿，他们看到那具乞丐的尸体仍在地上躺着。他拉过她的胳膊，她却挣脱了。她一动不动地站在那儿。

"很可怕，对吗？"

"什么？死？"

"是的。在死亡面前，别的事都显得无足轻重了。他都没人形了。看他的时候，你简直无法让自己相信他曾经活过。很难想象，就在几年以前，他还是个小孩子，一路冲下山去放风筝。"

她再也控制不住那让她窒息的啜泣了。

Chapter 39

　　过了几天，瓦丁顿跟基蒂坐在一起聊天，他的手里拿着一大杯苏打威士忌，开始跟她说起修道院的事。

　　"修道院院长是个很了不起的女人，"他说，"修女们跟我说她来自法国的一个显赫的家族，却不肯告诉我具体是哪家。她们说院长不希望别人谈论这个。"

　　"要是你对这事这么感兴趣的话，为什么不亲自去问她？"基蒂笑着说。

　　"要是你了解她的话，就知道问她这么轻率的问题是不可能的了。"

　　"看你这么敬畏她，她肯定是个很了不起的女人喽。"

　　"她有话托我带给你。她问我你愿不愿意深入瘟疫中心，要是你不介意，她很愿意带你去修道院转转。当然了，你很可能不愿意去那种地方。"

　　"她人真好。我从未想过她竟会意识到我的存在。"

"我跟她说起过你。每周我都去那儿两三次，看看有什么我能做的。我敢说，你的丈夫早跟她们说起过你了。你会发现她们对你丈夫怀有无限的敬仰。"

"你是天主教徒吗？"

他那双狡黠的眼睛一闪，那张有趣的小脸上笑得皱起了皮。

"你干吗笑我？"基蒂问道。

"进了天主教堂会有很多好处吗？不，我不信天主教，我把自己看成是英国国教徒。当一个人对什么都不太信时……我觉得这么说不会触犯到旁人。十年前，修道院院长来这儿时，随行的一共有七个修女，现在只剩下三个，其他的都死了。知道吗，即便是在最好的时候，湄潭府也不是个疗养的好地方。她们在市中心住，在最穷的那个区。她们卖力工作，从来不休假。"

"这么说现在只剩下院长本人和三个修女了？"

"呃，不，后来又来了几个。现在一共有六个修女。霍乱刚开始蔓延时死了一个，接着又有两个从广州赶了过来。"

基蒂的身体微微一颤。

"你冷吗？"

"不，只是觉得有人走过我的坟墓。"[1]

"她们离开法国就算是永远离开那儿了。她们可不像那些传播新教的传教士，偶尔会有一年的休假。我一直觉得这是世界上最残酷的事儿。咱们英国人对故土的感情没那么深，到哪儿都是家，但

---

[1] 人们对无故颤栗的一种迷信解释。西方有个迷信的说法，即当你毫无缘由地打冷战时，是因为"有人走过你的坟墓"。

我觉得法国人对他们的故乡是很眷恋的，这种感情几乎等同于某种身体上的纽带。脱离了这种纽带，他们就觉得很不舒服。这些女人竟能做出这么大的牺牲，对此我感动不已。我想假如我是个天主教徒，我也会义无反顾地这么做。"

基蒂不动声色地看着他。她不太明白这个小个子男人这么说到底心存何意，她怀疑他是不是在装腔作势。他已经喝了不少的威士忌，极有可能脑子又不清醒了。

"你自己去看吧，"他马上看穿了她的心思，便开玩笑似的说，"就风险性而言，这跟吃西红柿差不多。"

"既然你都不怕，我就没什么理由好怕的了。"

"你会发现那地方挺有意思的，有点儿像一个袖珍的法国。"

Chapter 40

　　他们坐着舢板过了河。登岸的地方，一顶轿子早就在等着基蒂了。她被抬着上了山，一直到闸口那儿。苦力们正是通过这条路到河里取水的，一个个来来回回疾行着，肩膀上用扁担挑着大木桶，摆来摆去，桶里的水不时溅出来，把堤道弄得湿漉漉的，就跟刚下过大雨一样。基蒂的轿夫扯开嗓子朝他们喊了一声，让他们赶紧把路让开。

　　"显然，很多生意都停了，"走在她旁边的瓦丁顿说，"平日里你得从挑上挑下的苦力们中间硬挤才能过去。"

　　街道又窄又弯，基蒂完全转了向，不知道自己正在朝哪个地方走。很多的店铺都关了门。一路上她对中国城镇肮脏不堪的街道已经司空见惯，可在这里，到处都堆放着数周的垃圾，从那里发出的恶臭实在让基蒂受不了，她只好拿出手帕捂住鼻子。过去，穿行在中国的街道上，到处都是直视的目光，让基蒂感觉很不舒服，可现在路人只是朝她投去冷漠的一瞥。行人失去了往日的拥挤，散落在各处，似乎在忙着各自的事。他们的脸上带着惊恐，个个无精打采。走的这一路上，他们不时听到一阵锣鼓声和尖叫声，还有一些不熟悉的乐器奏出的持续不断的哀乐。在这些紧闭的房门后面，都有人在躺着等死。

"到了。"瓦丁顿终于说道。

轿子在一扇小门前落了地，门上挂着一个十字架，两边是长长的白色围墙。基蒂走了出来，之后瓦丁顿摇了摇门铃。

"你可别盼着能有什么华丽的东西。你知道，她们穷得叮当响。"

一个中国姑娘开了门，瓦丁顿跟她说了一两句话，那姑娘就带着他们进了走廊旁边的一间小屋。屋内放着一张大桌子，上面盖着一张方格油布，墙边放着一组直背的椅子。屋子一头放着一尊圣母马利亚的石膏像。不一会儿，走进来一个修女，身材矮胖，长了一张朴实无华的脸，脸颊红红的，眼睛十分活泼。瓦丁顿称呼她为修女圣约瑟夫，并把基蒂介绍给了她。

"是那位医生的妻子吗？"[1]她笑容满面地问，然后补充说院长马上就到。

修女圣约瑟夫不会讲英语，而基蒂的法语也说得磕磕巴巴的，不过瓦丁顿的法语说得非常地道。他不时开开玩笑，把这个生性活泼的修女逗得捧腹大笑。她那快乐而爽朗的笑，让基蒂颇为吃惊。基蒂一直觉得修女们都是严肃的，而这个修女天真无邪的快乐劲儿着实触动了她。

---

[1] 原文为法文。

Chapter 41

门开了，基蒂有一种错觉——那门是自己在合页处朝后旋开的，随后修道院院长进了小屋。她在门口站了一会儿，看了一眼大笑的修女和瓦丁顿那张笑皱了皮的滑稽的小脸，嘴角上露出一丝肃穆的微笑，然后径直走上前来，朝基蒂伸出手。

"是费恩太太吗？"她说的是英语，虽然带着很浓重的口音，发音却很标准。她身子稍稍一欠，向基蒂鞠了一个躬。"能与我们那善良而勇敢的医生的妻子相识让我备感荣幸。"

基蒂发现修道院院长的目光一直盯着她，似乎是在对她进行评判。那目光十分坦率，并不失礼，让人不禁觉得眼前这个女人的工作就是对别人进行品评，而她却从未想过要在这件事上要些什么小花招。她彬彬有礼又不失和善地示意她的客人们坐下，自己也坐了下来。修女圣约瑟夫此刻仍在笑着，却不再大笑大闹了，站到了一旁，在女修道院院长身后稍远的地方。

"我知道你们英国人喜欢喝茶。"女修道院院长说，"我让人准备了一些。不过倘若你们喜欢中国人的泡法，我就要先说声对不起了。我知道瓦丁顿先生更喜欢喝威士忌，但恐怕我无法让他得偿所愿了。"

她面带微笑，肃穆的眼神中流露出一丝狡黠。

"哦，快别说了，嬷嬷，瞧你说的，就好像我是个酒鬼似的。"

"真希望能听你说从此以后再也不喝酒了，瓦丁顿先生。"

"在任何情况下我都敢说，要是不喝醉就不喝酒这话。"

修道院院长笑出了声，并把这句俏皮话翻译成了法文，说给修女圣约瑟夫听。而修女圣约瑟夫的眼睛则友善地望着瓦丁顿。

"我们必须体谅瓦丁顿先生，因为有那么两三次，当我们身无分文，孤儿们饿肚子的时候，瓦丁顿及时向我们伸出了援助之手。"

刚刚给他们开门的那个皈依天主教的姑娘进来了，手里端着一个盘子，盘子上放着几个瓷杯子和一个茶壶，还有一小盘法式小蛋糕。

"这盘蛋糕你们一定要尝尝，"女修道院院长说，"因为这是今天早晨修女圣约瑟夫专门为你们做的。"

他们谈了些家常琐事。修道院院长问基蒂来中国多久了，此次从香港来到这里是否感觉异常劳累，以及她以前是否去过法国，是否发现香港的天气令人难以忍受。他们聊的都是琐事，气氛却很融洽，这样一次谈话与他们身处的险境显得格格不入。屋子外面平静得出奇，简直让人无法相信这是一座人口稠密的城市的中心。静谧在那里停留，可就在四周围，霍乱却在肆虐。恐惧中的人们四处奔逃，却被暴徒似的士兵厉声喝止。修道院围墙里的医务室挤满了病人和垂死的士兵，修女们收养的孤儿已经死去四分之一了。

　　基蒂不明缘由地受了触动，她细细观察着眼前这位对她百般体恤的庄重的女士。她身穿白衣，衣服上唯一的彩色是绣在她胸前的那颗红心。她已人到中年，可能有四五十岁了，不过这也说不好，因为她那张光滑而苍白的脸上几乎没有皱纹，你之所以觉得她不年轻了，主要是因为她那庄重的气质，她的自信，以及她那双有力、漂亮却消瘦的手。她的脸形偏长，嘴稍大，牙齿醒目而整齐；鼻子尽管不小，却长得精致、柔嫩。不过，赋予她的脸严峻、肃穆气质的，却是稀疏的黑眉毛下面的那双眼睛。她的眼睛很大，很黑，尽管确切地说不是那么冷漠，但从里面透露出的那种平静和坚定却让它们显得异常迷人。看到修道院院长时，你首先想到的是年轻时她肯定长得很漂亮，不过转瞬间你就会意识到，这个女人美在气质，并且她的这种美在岁月的流逝中与日俱增。她的嗓音低沉，显然是在有意识地加以控制。她不论是说英语还是说法语，都一字一句，有条不紊。不过，她身上最引人注目的地方却是一种威严之气，那是从基督徒的博爱中滋养出来的。你会觉得这个人平时一定惯于发号施令，而其他人也都惯于听从她的吩咐。但她在接受别人的服从时表现出的却是谦卑，看来她能够很深刻地意识到教堂赋予她的威严。然而基蒂却觉得，尽管她的气质很威严，却是有人情味的，能够忍受人类的弱点。当她听不害臊的瓦丁顿信口胡说时，始终面带庄重的笑容，而且可以肯定的是，她对幽默有着很强的理解力。

　　她身上还具备一些气质，基蒂也隐约感觉到了，只是找不出合适的词汇来描述。尽管修道院院长表现出的友善和优雅的气质让基蒂觉得自己像个忸怩不安的女学生，可她还是觉得跟她们之间始终隔着一段距离。

Chapter 42

"先生一口也不吃啊。"修女圣约瑟夫说。

"先生的胃口被满洲菜搞坏了。"修道院院长回答。

修女圣约瑟夫脸上的笑容一下子不见了，她摆出了一副一本正经的样子。瓦丁顿的眼中闪过一丝淘气的光，他随手抓起一块蛋糕，挑衅似的咬了一口。基蒂不明白发生了什么事。

"嬷嬷，为了证明你说的有多不公正，我要在将来的豪华晚宴上大吃一顿。"

"倘若费恩太太有意参观修道院，我是很愿意领她去看的。"女修道院院长扭过头，面对基蒂，脸上带着微笑，好像是故意跟瓦丁顿唱反调似的。"你这会儿去参观，一切都是乱糟糟的，对此我要深表歉意。余上校非要把我们的医务室给生病的士兵用，我们只好把餐厅改成了医务室，用来收治孤儿们。"

她站在门口，等基蒂过去，然后两个人并排走了出去，而修女圣约瑟夫和瓦丁顿跟在后面，一行人沿着幽静的白色走廊走了一会儿，接着走进一间宽大、没有陈设的屋子，在里面几个中国姑娘正在精心做刺绣。客人们一进来，她们赶紧站起身，然后修道院院长拿了一块刺绣样品给基蒂看。

"尽管在闹霍乱，但我还是让她们继续做这活儿，因为这能让她们不去想那些可怕的事。"

他们来到第二间屋子，里面的姑娘们要更小些，正在做一些普通的缝纫工作。第三间屋子里面只有些小孩子，由一位中国教徒照看着。小孩子正玩得高兴，一看见修道院院长走进来，纷纷拥上前去，将她围在当中。他们都是些两三岁的小孩子，看上去很可怜，有着中国人那种特有的黑色的眼睛和黑色的头发。他们有的抓住她的手，有的藏在她的大裙子下面。一种迷人的微笑浮现在她那庄重的脸上，让她容光焕发。她温柔地爱抚着他们，说了些逗弄他们的话，尽管基蒂听不懂中文，却知道都是些爱抚的话。看到眼前这些孩子，她的身体不禁一颤。他们穿着一样的衣服，皮肤灰黄，发育迟缓，鼻子扁平，在她看来几乎没了人形，看上去那么让人讨厌。但女修道院院长站在他们中间，就像上帝在对人类施爱。当她打算离开那间屋子时，他们死活不让她走，一直在紧紧抓住她。她脸上带着微笑，劝了他们几句，轻轻用力才让自己得以解脱。总之，他们没在这位了不起的女士身上发现一点儿叫人害怕的地方。

"知道吗，"沿着另外一条走廊走时院长说，"他们的父母都不想要他们了，在这个层面上讲他们都是孤儿。每个孩子被送进来时，我们都会给他的父母一点钱，不然的话，他们就会嫌麻烦而把孩子丢掉了。"她转向修女圣约瑟夫。

"有今天送来的吗？"她问。

"送来四个。"

"如今霍乱来了，他们就更不想被这些没用的女孩子拖累了。"

她领着基蒂看了一下宿舍，然后一行人来到一扇门前，门上写着"医务室"三个字。基蒂听到从里面传来的呻吟声和惨叫声，简直不像是正在承受病痛的人类发出的。

"医务室就不领你去看了，"女修道院院长说，声音还是那么平静，"那种情景谁都不愿意看到。"这时，她的脑子里突然闪过一个念头。"我想知道费恩医生是不是在里面。"

基蒂一脸疑惑地看着修女圣约瑟夫，修女圣约瑟夫的脸上仍带着那种快乐的微笑，她跑去开了门，溜了进去。门开着，基蒂能够更多地听到里面那恐怖的嘈杂声，她忍不住倒退了几步。不一会儿，修女圣约瑟夫就出来了。

"不在，这会儿他不在，晚些时候才能回来。"

"六号怎么样了？"

"可怜的孩子，他死了。"

修道院院长在胸前画着十字，嘴唇微微动着，默默地做了一个短暂的祈祷。

他们走过一个院子，基蒂的目光落在了两个长条形的东西上——是两个病人，并排躺在地上，身上盖着一条蓝色的棉布。修道院院长转向瓦丁顿。

"床短缺得不行，我们只好把两个病人放在一张床上了，一个病人死了，尸体就被放在屋外，好为另一个病人腾地方。"说着，她给了基蒂一个微笑。"现在带你去看看我们的教堂。我们很为它

感到骄傲。前不久，我们的一位法国朋友为我们寄来了一尊栩栩如
生的圣母马利亚塑像。"

Chapter 43

　　教堂不过是一个低矮的长形房间，墙面粉刷过，中间有几排
冷杉木长椅，尽头是祭坛，上面摆放着圣像。圣像是用法国石膏做
的，色彩涂抹得不是很细致，显得光艳而俗丽。圣像后面是一幅油
画，画的是耶稣受难时的情景，画面上的十字架底下是两个神情悲
痛万分的圣母马利亚像。画画得很差，黑色的颜料是胡乱涂上去
的，显然出自某位对色彩美一无所知的人之手。墙上是耶稣受难组
画[1]，与前面那幅出自同一人之手。整座教堂显得粗陋而俗气。

　　修女们进来，跪在地上祈祷，然后站起身来。女修道院院长又
向基蒂介绍起来。

　　"骚乱蔓延到这儿时，能毁的都毁了，但巴黎那位捐赠者为我
们送来的这尊雕像却毫发未损。这无疑是个奇迹。"

　　瓦丁顿那露着狡黠的目光一闪，却没有说话。

　　―――――――――

　　[1]耶稣受难组画，常指教堂墙壁上一组由14幅耶稣受难图组成的连环画像。

"祭坛后面那幅画和耶稣受难组画是我们这儿一位叫作舒尔·圣安塞姆的修女画的。"女修道院院长在胸前画着十字说，"她是一位真正的艺术家。不幸的是，她沦为了霍乱的牺牲品。你不觉得这些画很漂亮吗？"

基蒂结结巴巴地给了一个肯定的回答。祭坛上有几束纸花，旁边的烛台装饰得异常华丽。

"我们有幸将圣体[1]摆放在这里。"

"什么？"基蒂说，她没明白这话的意思。

"在这段多灾多难的日子里，是这些给了我们莫大的安慰。"

他们离开教堂，原路返回那间初次就座的小屋。

"走之前你想看看今天早上送来的那些孩子吗？"

"非常愿意。"基蒂说。

修道院院长领着他们走进走廊另一边的一间小屋。屋子里的桌子上盖着一块布，布下面有什么东西在奇怪地扭来扭去。修女圣约瑟夫将布揭开，露出来四个没穿衣服的小婴儿。他们身上很红，手脚不停动着，瞧上去挺好玩儿。他们那奇怪而有趣的小脸扭曲着，一个个愁眉苦脸的样子。瞧上去他们几乎不属于人类，更像是一些未知的奇怪动物。即便这样，看到这一幕，还是令人感到伤心。修道院院长看着这群小家伙，脸上露出欣然的微笑。

"他们看上去挺可爱的。有时候，他们刚被抱过来就死掉了。当然了，他们一来我们就为他们施洗礼。"

"这位女士的丈夫见了他们会感到很高兴的。"修女圣约瑟

---

[1] 圣体，指教徒享用圣餐时食用的面包和葡萄酒。

夫说，"我认为他能一连几个小时跟婴儿们玩。他们哭的时候，他只需抱起他们，让他们舒舒服服地躺在他的臂弯，直到把他们逗乐了。"

不知不觉，基蒂和瓦丁顿已来到了门口。基蒂郑重地对女修道院院长所做的一切表示了感谢。修女谦卑地深鞠一躬，态度顿时显得高贵、友善起来。

"千万别客气。你不知道你的丈夫对我们有多仁慈，帮助有多大。他是上天派来的。你能同他一起来这儿，我感到非常高兴。他回家后，见到深爱着他的你和你——你这张甜美的脸，对他而言，这肯定是一种莫大的安慰。你一定要关心他，不要让他工作得过于辛苦。为了我们，请你一定要照顾好他。"

基蒂的脸红了，她不知道该怎么回答。女修道院院长伸出手。基蒂握手的时候，意识到她那双淡然而锐利的眼睛正在注视着自己，那目光中透露出坦白直率，同时似乎在向基蒂表示深深的理解。

修女圣约瑟夫随手关上门，基蒂上了轿子。他们穿过那条狭窄而弯曲的街朝回走。瓦丁顿随便说了句什么，基蒂没有回应。他朝基蒂看了一眼，但轿子的帘子拉着，看不到她。他一声不吭地继续朝前走。可是当他们来到河边时，她从轿子里走了出来。他吃惊地发现她正在流泪。

"怎么了？"他问，脸上缩拢出一副惊愕的表情。

"没什么。"她试着让自己微笑，"犯傻呗。"

Chapter 44

　　那位传教士生前用过的肮脏的客厅里又只剩下基蒂一个人了，她躺在正对窗户的长椅上，茫然地看着河对岸的教堂（傍晚再次临近，梦幻般的景色是那么可爱），想要梳理一下心里的感受。她怎么也想不到这次去修道院竟对她触动这么大。她的好奇心已然消失，现在没什么好期盼的了。好多天以来她几乎朝思暮想的那座河对岸围墙中的城市，如今那些神秘的街道她是一眼也不想看了。

　　身处修道院的那一瞬间，她觉得自己被送往了另外一个世界。奇怪的是，这个世界既不存在于空间中，也不存在于时间中。那些空荡荡的屋子，白色的走廊，是那么平静，那么简朴，却似乎蕴含着某种遥远而神秘的气息。那座小教堂，是那么粗陋，那么俗气，装饰得又是那么可怜。它的玻璃是脏的，画也不怎么样，可以说是简陋至极，却有着壮美的大教堂中所不具备的某种东西：信念将它装点，仁爱将它哺育，使它获得了某种灵魂上的秀美，从而让它一直存在下去。在瘟疫最猖獗的地方，修道院的工作却井然有序地展开着，表现出的是面对危险时的冷静和对现实的准确判断，这简直是对这场劫难的嘲讽。可现实就是这样，这一幕给基蒂留下了深刻的印象。基蒂的耳边又响起了修女圣约瑟夫打开医务室的门的那一刻传出来的那种可怕的声音。

她们对沃尔特的评价也出乎她的预料。先是修女圣约瑟夫，后来又是女修道院院长，她们的声调一到赞扬他的时候就变得异常欣慰。她们竟是这么高看他。说来也怪，知道了这一点以后，基蒂的心里不由得涌出一丝自豪感。关于沃尔特的工作，瓦丁顿也说了一些，不过修女们赞赏的可不只是他的能力（在香港的时候，人们都说他很聪明，这一点她已经知道了），还有他的细心和体贴。他的确是非常体贴的。你生病的时候，他的体贴表现得最为充分。他太聪明，自然知道怎么不弄疼你，他的触摸从容不迫，让人愉快而宽心。他似乎具有某种魔力，一现身就能缓解你的痛苦。她知道再也无法在他的眼中看到那种爱恋了，过去她见得太多了，甚至都有点儿厌烦了。可现在她才知道，他的爱的能力有多广大。如今他正在以某种不同寻常的方式将它倾注在那些可怜的病人身上，他们没有别人照顾，只有他。她的心里没有嫉妒，只有一种惘然若失，就像是习惯了某种支撑她的东西，以至于没有意识到它的存在，而此刻那东西突然撤去，使她一下子头重脚轻，左右摇晃。

她曾是瞧不起沃尔特的，可现在她只觉得瞧不起自己。他肯定知道她是怎么看他的，并且没有恶意地接受了她的判断。她是个傻瓜，他知道这事，因为他爱她，他不在乎。现在她不恨他了，也不生他的气了，只是觉得恐惧和困惑。她不得不承认他的身上有着某种不同寻常的东西，有时候还会觉得他的身上甚至藏着一种不易被人察觉的伟大品质。奇怪的是，那个时候她不爱他，竟把自己的爱给了别的男人。而此刻，她算是看明白了，那个男人根本是不值一提的。漫漫白日里，她想了又想，终于对查尔斯·汤森的价值进行了准确的评定：他就是个凡夫俗子，彻头彻尾的二等货色。她多希望能将至今仍萦绕在她心头的爱撕碎！她必须忘了他。

　　瓦丁顿对沃尔特的评价也很高，而唯独她对他的品质视而不见。为什么？因为他爱她，她却不爱他。你鄙视一个人，就因为他爱你。人的心到底是怎么想的？但瓦丁顿也承认不那么喜欢沃尔特。男人们是不喜欢他的。很轻易就能看出来，那两个修女对他是有好感的，而且那种感情很可能就是爱。女人们对他的感觉不一样，尽管他害羞，但她们却能在他身上感受到一颗厚道友善的心。

Chapter 45

　　不过要说对她触动最深的，还是那些修女。修女圣约瑟夫，总是一张笑脸，脸颊红得像苹果。她是十年前跟随女修道院院长来到中国的修女中的一个，亲眼目睹一个个的同伴在疾病、贫困和想家中死去。然而，她仍是那么快乐。她那率真和豁达的气质是怎么来的？还有女修道院院长。在基蒂的幻想中，修道院院长似乎又站在了她的面前。基蒂觉得自己是那么卑微，那么惭愧。尽管她纯朴、不做作，却有着一种与生俱来的尊贵，使人敬畏，很难想象有谁敢对她无礼。从修女圣约瑟夫的站姿，从她的每一个细小的动作和答话时的语调可以看出，她从心底是绝对服从女修道院院长的。还有瓦丁顿，尽管举止轻浮无礼，可他跟修道院院长说起话来照样大为收敛。基蒂觉得，瓦丁顿没有必要告诉她修道院院长来自法国最显赫的家族之一，她的气质中早就透露出她来自某个古老的家族了，她的威严之气，恐怕谁见了都会甘愿臣服。她既有伟大女性身上的那种傲慢，又有圣徒的谦卑。她那张坚强、漂亮、饱经风霜的脸上透露着庄重，同时也不缺乏光彩。与此同时，她又是个和蔼可亲的人，所以那些小孩子才能将她围在当中，又吵又闹。他们一点儿都不怕她，因为确信她是深爱着他们的。当她看到那四个新生儿时，她的笑容是甜美的，却又是深沉的，就像洒在一片荒凉而孤寂的荒野之地上的一束光。修女圣约瑟夫无意间说那番话时，基蒂竟然莫名地有些感动。基蒂知道沃尔特一直非常想让她生个孩子，却从未从他的沉默寡言中料到他竟能将婴儿照顾得这么好。他逗他们玩，那种温柔是动人的。多数男人在照顾婴儿方面总是笨手笨脚的，他却没有表现出一点儿的窘迫。多怪的一个人啊！

不过除了这一幕幕感人的经历外，在她心头似乎还潜藏着一个阴影（相当于银白色的云朵加了一个黑色的衬里），让基蒂觉得有些不知所措。在修女圣约瑟夫那单纯的快乐中，更多的是在女修道院院长那彬彬有礼中，基蒂始终感觉到了一种漠然，这让她备感压抑。她们是友好的，甚至是诚心诚意的，与此同时却有着某种保留，基蒂不知道那是什么。她觉得对她们来说，自己不过是普普通通的一个初来乍到的客人罢了。她和她们之间有一道障碍。她们的语言不同，说的不同，想的也不一样。在门关上的那一瞬间，基蒂便觉得她们已经把她完全抛在脑后，一刻也不拖延地去接着忙自己的事了，或许对她们来说，她从来就没有存在过。她觉得自己不但被那座可怜的小修道院关在了外面，还被那座她一直在全心全意追求的精神上的神秘园关在了门外。她一下子觉得孤独了，而这种孤独以前她是从未感受过的。她为什么哭，这就是原因。

而此刻，她疲倦地将头朝后仰，叹了口气说："哎，我真是没用。"

Chapter 46

　　那天晚上，沃尔特回小屋的时间比平时稍早了些。基蒂正躺在长椅上，面对着敞开的窗户。天就要黑下来了。

　　"要点盏灯吗？"他问。

　　"晚饭做好了，他们就会把灯提上来的。"

　　他跟她很随意地说着话，聊的都是琐事，仿佛他俩是朋友，从他的态度上看不出他的心里有任何的怨愤。他从不看她的眼，也从不微笑。他太有礼貌了。

　　"沃尔特，霍乱结束以后你觉得咱们应该干点什么？"她问。

　　他停顿了一会儿才回答。她看不见他的脸。

　　"我还没想过。"

　　过去，她脑子里想什么，嘴里就说什么，说话之前她从不考虑。可现在她害怕他了，她觉得自己的嘴唇在哆嗦，心也在痛苦地跳动着。

　　"今天下午我去修道院了。"

"我听说了。"

尽管几乎说不出话来，她还是竭尽全力说出下面的话。

"你带我到这儿来，是真的想让我死吗？"

"基蒂，如果我是你，就不会再谈这事儿。我觉得谈论我们应该忘记的事是一点儿用处也没有的。"

"可你并没忘，我也没忘。来这儿以后，我想了很多。你愿意听听我的想法吗？"

"当然愿意。"

"过去我对你很坏，我对你不忠。"

他像根木桩一样站在那儿，一动也不动。他的这种姿态反倒更让人感到恐惧。

"我不知道你是否明白我的意思。那种事过去就过去了，对女人来说算不了什么。至于男人对这种事是怎么看的，我想女人是不太理解的。"她突然就说开了，那声音听上去简直不像是她自己的。"你知道查理是个什么样的人，也知道他会怎么做。嗯，你是对的。他就是个废物。我觉得要是我跟他不一样，不是他那种废物的话，就不会受他的骗了。我这么说，不是想叫你原谅我。我并不想让你像过去那般爱我。但我们就不能做朋友吗？看在正在我们周围死掉成千上万的人的分儿上，看在修道院里的那些修女的分儿上……"

"这跟她们有什么关系？"他打断了她的话。

"我说不太清楚。今天我去那儿时，心里有一种很不寻常的感觉。这种感觉似乎非常重要。那里的情况糟透了，她们的自我牺牲是那么伟大。我忍不住想——因为一个愚蠢的女人曾对你不忠就让你深受痛苦，那就太傻太不值得了。我这么说你能明白吗？我太没用了，太卑微了，不值得你来关注我。"

他没说话，也没有走开，似乎等着她继续说。

"瓦丁顿先生和修女说了很多你的好话。我很为你感到骄傲，沃尔特。"

"过去你可不这样，你总是瞧不起我。你现在还这么想吗？"

"你难道不知道我担心你吗？"

他又沉默了。

"我不了解你，"他终于说，"我不知道你想要的是什么。"

"我什么都不要。我只希望你能少些忧伤。"

她觉得他的身体僵住了。回话的时候，他的声音也是冷冰冰的。

"你想错了，我并不忧伤。我要做的事太多，没空经常想你。"

"我想知道修女们是否愿意让我去修道院工作。她们现在很缺人手，如果我能帮上些忙，我会非常感激她们的。"

"这工作不容易，也没什么乐趣。恐怕时间不长你就厌倦了。"

"你真的那么瞧不起我吗，沃尔特？"

"不。"他犹豫了一下，然后用奇怪的声音说，"我瞧不起我自己。"

Chapter 47

　　吃过晚饭，沃尔特像往常那样坐在台灯旁读书。每天晚上他都要读书，一直读到基蒂上床睡觉才走进实验室。平房里有几间空屋，他挑了一间摆放他的那些仪器设备，姑且作为实验室。他会在那里一直工作到深夜。他几乎不睡觉，彻夜鼓捣那些基蒂一窍不通的实验。关于工作的事，他从不向她提及，就算是在过去也很少提及。他生来就不是一个外向的人。他刚才说，交谈不会有任何结果，她把这句话想了又想。她对他了解得太少了，以至于不能确定他说的话是真心实意，还是违心敷衍。目前对她来说，他就像大山一样横亘在她面前，压迫着她的神经，而她在他眼中呢？是不是就算是可有可无的了呢？过去他是那么喜欢跟她交谈，因为他爱她，可现在呢，他已经不爱她了，这个事实或许只会让他感到厌烦。想到这儿，她觉得心里窘迫极了。

　　她看着他。灯光照在他的侧脸上，像是一座石雕。他的五官长得很标致，很不同寻常，但他的表情已经超出了严肃，几乎变成了冷酷。他一动不动坐在那儿，只是眼睛在细读每一页时跟着转动，这种情景让基蒂感到莫名的恐惧。有谁会想到这张冷酷的脸也会有浓情蜜意的时候呢？想起他从前的样子，她不禁陡生厌恶，身体微微打战。很奇怪，尽管他长得漂亮，又诚实可靠、才华出众，可她就是不爱他。想到再也用不着屈从于他的抚摸了，这倒让她觉得轻松起来。

当她问他强迫她到这儿来是不是想叫她死时，他怎么都不肯回答。这件事的答案既让她觉得好奇，又让她感到恐惧。他不是一般的友善，心里是不会有这么恶毒的计划的。他之所以这么做，肯定是想吓唬吓唬她，同时报复查理（这跟他那爱挖苦人的脾气倒是挺切合的），然后，因为固执或者担心自己脸上不好看，这才坚持让她跟他一起来。

没错，他说过他瞧不起自己。他这么说是什么意思？基蒂再次注视着他那张平静而冷酷的脸，那神情就好像她根本不在屋里，根本没有意识到她的存在。

"你为什么瞧不起自己？"她脱口而出，似乎仍在片刻未停地继续着刚才的谈话。

他放下书，若有所思地注视着她。他似乎正在从一个很远的地方把自己的思绪收集到一起。

"因为我爱你。"

她的脸红了，朝别处扭过头去。她受不了他那冷漠、坚定、品评的注视。她知道他是什么意思，等了一会儿她才说话。

"我觉得你对我不公正，"她说，"不能因为我愚蠢、卑微、虚荣就把错误推到我身上，这么做不公平。我认识的女孩都是这样的……你不能因为某个人对交响音乐会感到厌烦，就责备他不懂得欣赏音乐。你认为我具备某些品质，其实我并不具备，为此你就责备我，你说这公平吗？我从未想过要骗你，我就是我，从来都不装。我就是漂亮、轻浮。你不能指望在集市的摊位上要什么珍珠项链或者貂皮大衣，你只能要锡质小号或者玩具气球。"

"我没有责备你。"

他的声音有气无力，她甚至都有些不耐烦了。为什么他就不明白呢？她已经看透了。与无处不在的对死亡的恐惧相比，与那天她偶尔瞥见的那种令人惊叹的美相比，他们之间的事儿简直不值一提。她突然就明白了这一点，可为什么他还没意识到？一个愚蠢的女人红杏出墙又能怎么样？为什么她的丈夫在面对崇高时还要在这件事上费心思？沃尔特那么聪明，却分不清孰轻孰重，真是匪夷所思。他用一袭华丽的袍将一位轻浮的女子装扮，然后将她放在教堂里供着她，膜拜她，到头来却发现她败絮其中，于是他既不肯原谅他自己，也不肯原谅她。他的灵魂受到了伤害。他一直生活在一个幻想的世界中，当现实将其击碎，他便觉得现实也跟着碎了。他之所以不肯原谅她，是因为他不肯原谅自己，的确就是这么回事。

她似乎听到他发出了一声微弱的叹息，赶紧朝他那边看了一眼。她突然想到了什么，几乎让她无法呼吸。她拼命忍住，才没让自己叫出声来。

他现在的状态，难道就是人们所说的——心碎？

Chapter 48

　　第二天一整天，基蒂的脑子里想的都是修道院的事。第三天一大早，沃尔特刚走，她就带着女佣出门，找了顶轿子过河去了。天刚亮，中国人纷纷拥向渡船，有的是农民打扮，穿着蓝色的棉布衣服；有的穿着黑色的长袍，一看就是体面的老爷。他们一个个目光古怪，脸如死灰，好像这趟渡船是要把他们送到阴间去。上岸之后，她们在码头上站了一会儿，似乎不太清楚该往哪里去，犹豫了一会儿，这才跟着三三两两的人群慢慢朝山上走去。

　　此时城市的街道上空空荡荡，与以往相比，现在这里俨然是一座死城。瞧瞧行人们那失魂落魄的样子，你不禁会认为他们都是鬼魂。天上没有云，初升的太阳将光亮洒在街上，暖暖的，为其增添了一抹神圣。很难想象在这样的一个清新愉悦的早晨，这座城市就如同一个被疯子的双手掐住脖子的人，在霍乱的肆虐下已经奄奄一息。人们在痛苦中挣扎，在恐惧中死去，而这美丽的自然（蓝色的天空清澈得像婴儿的心）却是那么冷漠。轿子在修道院门口放下了，一个乞丐从地上爬起来，向基蒂讨钱。他身上穿的破烂衣服早就褪了色，走了形，那样子就像是他从垃圾堆中扒拉出来的。透过衣服上的洞，你能看到他的皮肤，是那么粗糙、黝黑，就像山羊的皮。他的腿光着，瘦得要死。他的头发灰白、粗糙，蓬乱着；双颊深陷，眼神中露着野蛮，就像是一个疯子。基蒂吓得转过头去，抬轿的人用粗鲁的话骂他滚开，可他仍纠缠不休。为了摆脱他，浑身打战的基蒂给了他一点小钱。

门开了，女佣解释说基蒂想见修道院院长。她再次被带进了那间简陋的小屋，屋里的那窗户似乎从来就没有打开通过风。她坐了很久，不禁怀疑她的话是不是没被带到。终于，女修道院院长进来了。

"让你等了这么久，恳请你原谅！"她说，"我没想到你会来，我正忙得抽不开身。"

"请原谅我打扰您。恐怕我来得不是时候。"

修道院院长朝她笑了笑，那微笑肃然而甜美，并请她坐下。但基蒂却发现她的眼红肿着，看上去刚刚哭过。基蒂吃了一惊，因为在她的印象里，修道院院长是不会被尘世间的事打扰的。

"肯定是出了什么事吧，"她结结巴巴地说，"如果不方便的话我这就回去，改天再来。"

"不，不。告诉我有什么可以帮你的吧。我只是……只是昨天晚上我们有位修女死了。"她的声音失去了往日的平静，眼里充满了泪水。"我不该悲伤，因为我知道她那善良而纯朴的灵魂已经直接飞往天堂，她是个圣徒，不过要想克服一个人的弱点总是很难的，恐怕我自己也不总是那么理智的。"

"我感到非常遗憾，非常非常遗憾。"基蒂说。

同情让她的声音中带着抽噎。

"她是十年前跟我从法国来的那批修女中的一个。如今这批人中只剩下三个了。我记得当初我们站在船尾——你们叫什么，船头？——围成一小群。船驶出马赛港时，我们看到了圣母马利亚的雕像，然后我们一起祈祷。皈依天主教之后，我最大的愿望就是到中国来，可是当我看到祖国渐行渐远时，还是忍不住哭了。我是她们的院长，没能为我的孩子们树立一个好榜样。圣弗朗西斯·泽维尔修女——就是昨天晚上死去的那个——当时她攥住我的手，叫我不要难过。她说，无论我们在哪里，法国和上帝都在我们身边。"

人的本性从她的心里迸发出来，因为难过，她那张严肃而漂亮的脸变得扭曲了，与此同时，她在用理智和信念拼命克制自己，不让自己流泪。基蒂将目光转向别处，她觉得注视那种挣扎是不礼貌的。

"我一直在给她的父亲写信。她，像我一样，是她母亲唯一的女儿。她家是布列塔尼[1]的一户渔民，她的家人很难承受这个噩耗。哦，这场可怕的霍乱什么时候才能结束？我们有两个女孩今天早晨受了感染，只有奇迹才能救她们。这些中国人对疾病没有一点抵抗力。圣弗朗西斯的死对我们是个严重的打击——要做的事太多，人手却越来越少。中国其他教堂里面也有我们的姊妹，她们都想来。我觉得所有的修女都会抛开一切（只是她们一无所有）到这儿来的，不过到这儿来几乎就等于判了死刑。只要身边这几个修女还能应付，我就不想让别的人来牺牲。"

---

[1] 布列塔尼，法国西北部的一个地区。

"嬷嬷，听您这么一说，倒是给了我信心。"基蒂说，"我一直觉得我来得很不是时候。那天您说要做的事太多，修女们做不过来，当时我就想您是否愿意让我来帮忙。只要能派上用场，我是不在乎做什么的。就算是您让我拖地板，我也会感激不尽的。"

修道院院长笑了笑，似乎觉得很有趣。看到她的情绪很轻易地就转变了，基蒂觉得很吃惊。

"不用拖地板。孤儿们勉勉强强就把这事做了。"她停了一下，看着基蒂，目光中露着友善，"亲爱的孩子，难道你不觉得你跟你丈夫一起到这里来，就已经做得够多了吗？很多的妻子都没有勇气这么做。对你来说，还有什么比在他结束一天的工作回到家后给予他安慰、让他安安静静地休息更周到的事吗？相信我，他需要你全部的爱和体贴。"

修道院院长在看着她，眼神中透露着颇具讥讽意味的亲切感。基蒂几乎不敢与这样的眼睛对视。

"从早到晚，我一直无事可做。"基蒂说，"要做的事这么多，我受不了自己当闲人。我不想招人讨厌，我知道自己无权索取您的善意和时间，但我是真心实意的，如果您能让我来帮帮忙，那么对我而言将是一种莫大的恩赐。"

"你的身体看上去不是很好。前天你拜访我们时，我就觉得你的脸色很苍白。修女圣约瑟夫说你可能怀上了孩子。"

"不，不……"基蒂叫道。她的脸红了，一直红到了耳根。

修道院院长发出一小阵银铃般的笑声。

"这事没什么不好意思的，亲爱的孩子，别人猜猜也没什么不妥的。你们结婚多久了？"

"我的脸色生来就是这么苍白，不过我很强壮，我向您保证我干得了累活儿。"

此刻的修道院院长已经完全显露出女主人的派头了，她的脸上不自觉地显露出了那种一贯的威严。她那评判性的目光注视着基蒂，而基蒂莫名地紧张起来。

"你会说中国话吗？"

"恐怕不会。"基蒂回答。

"啊，这倒是个遗憾。我本想让你管理那些年纪大一点的女孩。现在这事很难办，我担心她们会——英语怎么说？无法无天？"她说完了，声音有些犹豫。

"我不能跟修女们一起照顾那些病人吗？我一点都不怕霍乱。我可以看护那些女孩或者士兵。"

此时女修道院院长脸上的笑容不见了，她面色深沉地摇了摇头。

"你不知道霍乱是什么。那情景很吓人。医务室的工作士兵们正在做，我们只需要一个修女负责监督。至于那些女孩……不，不，我确信你丈夫不会让你这么做，那情景太吓人了。"

"我会习惯的。"

"不行，这事没得商量。做这些事我们责无旁贷，却没人要求你这么做。"

"您让我觉得自己很没用，很无助。我不相信这里没有一件我能做的工作。"

"你把自己的想法跟丈夫说了吗？"

"说了。"

女修道院院长看着她，像是在探究她心里的秘密，不过当她看到基蒂那焦急、祈求的眼神时，她笑了。

"你是个新教徒，这没错吧？"她问。

"是的。"

"没关系。沃森先生，就是那个死去的传教士，也是新教徒，这没什么关系。我们都觉得他是最有魅力的人，我们欠他一份很大的人情债。"

此时的基蒂脸上浮现出一丝笑容，但她没说什么。修道院院长似乎在想什么。她站了起来。

"你真是太好了。我觉得能为你找些事做。毫不讳言，圣弗朗西斯修女一死，这儿的工作我们就应付不过来了。你打算什么时候开始？"

"现在。"

"好极了。听你这么说，我感到十分高兴。"

"我向您保证我会尽力的。非常感谢您给了我这个机会。"

女修道院院长打开会客厅的门，正要朝外走，却又犹豫了。她再一次意味深长地注视着基蒂，像是在搜寻什么，然后把一只手轻轻放在基蒂的胳膊上。

"知道吗，亲爱的孩子，一个人是无法在工作中、享乐中，世界上或者修道院里找到平静的，只能在灵魂中找到它。"

基蒂听后觉得有些吃惊，然而女修道院院长却已闪出去了。

Chapter 49

　　基蒂发现工作让她精神焕发。每天早晨，太阳刚出来不久，她就去修道院，然后直到西边的太阳将光洒满狭窄的小河和拥挤的平底船以后才会回到小平房。女修道院院长让她照顾小一些的孩子。基蒂的母亲从她的娘家利物浦把做家务活儿的才干带到了伦敦。虽然基蒂浑身散发着一股轻浮的气息，可在某些方面还是很有天赋的，而这些天赋从来都是她自嘲的对象。她饭做得好，缝纫活儿也干得漂亮。显露这方面的天赋以后，她便被派去指导年轻姑娘们做缝纫和缝褶边的工作了。女孩们稍懂一点儿法语，而基蒂每天都会在无意间学会几句中国话，因此管理这些姑娘就变得没那么难了。在其他时候，她还得去照看那些小孩子，但单单要防着他们打闹，还要给他们脱穿衣服，让他们在该睡觉的时候睡觉。婴儿很多由保姆照顾，但基蒂也可以去照看他们。这些事看上去都很琐碎，她想要做些难点儿的事。修道院院长却无视她的恳求，基蒂出于敬畏，也就不敢再坚持了。

刚开始的那几天，她有点儿讨厌这些小女孩，讨厌她们身上穿的那丑陋的衣服，讨厌她们那硬硬的黑头发，讨厌她们那黄色的圆脸，讨厌她们那凝视的黑眼睛，她只得努力克服这种感觉。不过她想起了初次来修道院的时候，女修道院院长就被这些丑陋的小东西围着，当时她的面容和目光是那么温馨慈祥。基蒂既要向院长学习，又怎么都不肯屈从于自己的本能反应。如今，当这些小家伙儿因为摔了一跤或者长牙哭个不停时，基蒂会毫不忌惮地将这个或者那个小东西抱在怀里。她发现几句温柔的话（尽管她们听不懂她说的那种语言），用胳膊轻轻地搂住她们，用柔软的面颊紧贴那些哭泣的小黄脸，就能安抚她们，于是，她的所有疏远的感觉便开始消失了。这些小孩子一点都不怕她，每次碰到一些小麻烦都会走到她跟前要她帮忙。赢得了她们的信任让基蒂感觉特别幸福。跟那些大些的姑娘相处时，也是如此。她教她们缝纫，她们那快乐、机灵古怪的笑容以及她们从她偶尔说的一两句表扬的话中获得的那种快乐触动了她。她觉得她们喜欢她。她既觉得满意又觉得骄傲，反过来她也喜欢她们。

不过有一个小孩子却叫她始终无法习惯。那是个六岁的小女孩，因患了脑积水而变得痴傻。她巨大的头在短粗的小身体上来回摇晃，一副头重脚轻的样子，眼睛大而空洞，嘴角总是淌着口水。这个小东西只能粗哑着嗓子嘟嚷几个字，而声音听起来特别刺耳难受。不知为什么，这个弱智儿一直黏着基蒂，基蒂去哪儿她去哪儿。她紧紧抓住基蒂的裙子不放，脸一直在她的膝盖上蹭，还想要摸基蒂的手。基蒂厌恶得浑身直发抖。虽然她知道这个弱智儿渴望爱抚，可她不论怎么努力，都没有勇气去碰她。

　　有一回，基蒂跟修女圣约瑟夫聊天时，说小白痴活着简直是一件不幸的事。修女圣约瑟夫笑了笑，将自己的手伸向那个畸形儿。那小东西走来了，肿大的前额在她的手上蹭来蹭去。

　　"可怜的小家伙儿，"修女说，"她被送到这儿来的时候几乎就要死了。上帝保佑，她进来的时候刚好我在门口。我觉得一刻也不能耽搁，便立即为她施了洗礼。你不会相信，为了留住她的生命，我们费了多少心血。有三四次，我们觉得她那幼小的灵魂已经逃进天堂。"

　　基蒂沉默了。健谈的修女圣约瑟夫开始闲聊起别的事。第二天，当那个弱智儿朝基蒂走过来碰她的手时，她鼓足勇气，在那光秃秃的大脑壳上抚摸了一下。她还强迫自己笑了笑。谁承想，那孩子竟然一反常态地走开了，似乎对她失去了兴趣，而从那一天以后，她再也没有搭理过基蒂。基蒂不知道自己做了什么，便试着朝她微笑，伸手示意她到自己身旁来，可那个弱智儿却将头扭过去，假装没看到她。

Chapter 50

　　修女们从早忙到晚，有忙不完的事要做，平日里基蒂几乎见不到她们，只有在那座空荡而简陋的教堂里做礼拜时才能碰到。她第一天去教堂的时候是坐在后面的，在那些坐长椅的姑娘后面。这些姑娘依据年龄的不同，分别坐在不同的位置上。修道院院长看到了基蒂，便停下来跟她说话。

　　"我们做礼拜的时候，你可千万不要认为你也必须要到教堂来。"她说，"你是新教徒，只需恪守新教的信仰。"

　　"可我想来，院长。我发现教堂能让我的心变得平静。"

　　修道院院长凝视了她片刻，然后肃穆地点了点头。

　　"当然了，你有权做自己想做的事。我只是想让你明白，你是没有义务这么做的。"

　　基蒂很快便跟修女圣约瑟夫建立起了一种关系，两个人即便不亲密，也算是相当熟识了。修道院财务上的事归她管，为解决这么一大家子人的福利问题，她整天忙得不可开交。她说一天里唯一的休息时间就是做祈祷的时候。每当傍晚将近，基蒂和那些工作的女孩在一起时，她总爱走进来忙不迭地宣称自己快被累死了，连一丁点儿空闲的时间也没有，然后再坐几分钟，说几句闲话。修道院院长不在跟前的时候，她就成了一个健谈、活泼的人儿，喜欢开玩笑，还对各色丑闻韵事进行品评。基蒂对她没有丝毫忌惮，修女圣约瑟夫自然也敞开胸怀，愉快地跟她聊着天，在基蒂面前她俨然是一个外表朴实、内心善良的女人。基蒂的法语说得不怎么样，却一点都不介意在她面前暴露这一点。基蒂每犯一次语病，她们俩都会哈哈大笑。修女圣约瑟夫每天都教基蒂几句有用的中国话。她是农民的女儿，内心深处她仍是个农民。

"小时候，我常去放牛，"她说，"就像圣女贞德。不过我太淘气了，肯定成不了贞德。我觉得自己是幸运的，因为要是我胡思乱想的话，我爸爸就会拿鞭子抽我。过去那个善良的老头儿常拿鞭子抽我，因为我太淘气了。现在有时候回想起过去常搞的那些恶作剧，我还是忍不住脸红。"

这位肥胖的中年修女小时候竟然是那么任性，想到这儿，基蒂就觉得好笑。不过话说回来，即便是现在，她的身上还流露着些孩子气，叫人不由自主地想亲近她。她的身上似乎有一股秋日里乡下的气息，那时候苹果树上结满了果子，沉甸甸的，庄稼也收完了，粮食都被妥妥地放好了。她没有修道院院长身上那种悲怆的、严肃的圣洁，有的却是简单的快乐。

"你就从没想过再回家去吗，姐姐？"基蒂问。

"呃，没想过。回去的话，再想回来可就太难了。我喜欢待在这儿，跟孤儿们在一起让我感觉最快乐。他们是那么善良，那么懂得感恩。做修女也很不错，（就算是做修女）最起码还有一位母亲，还忘不了曾经喝过母亲的乳汁。我的母亲她老了，真想再看看她。不过她很喜欢她的儿媳妇，我哥哥对她也很孝顺。他的儿子现在已经长大了，我看农场上不久就又多一双有力的臂膀了，他们会感到很高兴的。我离开法国的时候他还是个孩子，不过他有希望长出一副能将牛打倒的铁拳。"

坐在那间安静的屋子里，听着修女说话，几乎不可能意识到就在这四面墙的另一侧，霍乱正在肆虐。修女圣约瑟夫那种无忧无虑的态度感染了基蒂。

修女圣约瑟夫对这个世界以及这个世界上的人有着一种孩子般的好奇心。关于伦敦和英国，她问了基蒂各种各样的问题。她觉得在英国雾是那么浓，中午的时候都看不到自己的手。她还问基蒂是否去过舞会，是否住在一栋大房子里，以及兄弟姊妹有几个。她常常说起沃尔特，修道院院长说他非常棒，每天她们都要为他祈祷。有这样一位出色、勇敢而又聪明的丈夫，基蒂是多么幸运啊！

Chapter 51

　　不过哪怕她们聊得再热火朝天，修女圣约瑟夫迟早也会被修道院院长叫走。基蒂从一开始就意识到这里到处都受到了修道院院长的影响。所有住在那儿的人都是爱她的，这一点毫无疑问，并且都钦佩她，尊敬她，却一点儿都不怕她。尽管她是友善的，可在她面前，基蒂却觉得自己像个女学生。跟女修道院院长在一起的时候，基蒂总是觉得不踏实，因为她的心里充满了一种感情，并且这感情是那么奇怪，都让她觉得尴尬了：这就是尊敬。修女圣约瑟夫脸上露着那种天真的表达欲，她告诉基蒂说女修道院院长的家族有多么显赫，她的祖先中有历史上的重要人物，欧洲国王中有一半都是她的表亲，西班牙国王阿方索在她父亲的领地上打过猎。还有，她们家的城堡遍及整个法国。就这样放弃了荣华富贵，一定是很难做到的。基蒂面带微笑听着，却一点儿也不为所动。

　　"其实，你只需瞧上她一眼，"修女说，"就能知道她来自一个显赫的家族。"

"她的手是我见过的最漂亮的。"基蒂说。

"啊,你真该知道知道她是怎么使用它们的。她什么活儿都干,我们的好嬷嬷。"

她们来到这座城市时,这里一无所有,连修道院都是她们自己建造的。修道院院长设计好了平面图,并且充当监工。她们一到这儿就开始从包裹婴儿的毛巾中和助产婆残忍的手中拯救那些可怜的没人要的婴儿。刚开始的时候,她们没有床睡觉,也没有玻璃抵御夜晚的寒气("再没有,"修女圣约瑟夫说,"比这儿更脏的地方了。")。她们常常捉襟见肘,不要说工人的劳务费了,连便宜的食物也买不起。她们像农民那样活着,她是怎么说的?那些法国农民,不对,那些为她父亲工作的人,都会把她们吃的那些东西扔给猪。修道院院长会把女儿们[1]召集到身旁跪下祈祷,接着圣母马利亚也就会送钱来。第二天,一千法郎就寄来了。她们正跪着,就有一个陌生人,一个英国人(你说是新教徒也行),甚或是一位中国人来敲门,为她们送来一份礼物。有一回,她们实在是撑不下去了,便集体向圣母马利亚发誓,如果她能帮助她们渡过难关,她们就背诵"九日经"[2],以此表示对她的敬意。呃,接下来的事你信吗?那位逗笑的瓦丁顿先生居然第二天就来看我们了,还说我们的样子都像是需要一大盘烤牛肉,并且给了我们一百块钱。

这个小个子男人可真有趣,秃秃的脑门,狡猾的小眼睛(那双眼睛可真鬼),还爱说玩笑话。上帝啊,看他把法语糟蹋成了什么

---

[1] 女儿们,牧师或者修道院的院长对信徒的亲切称呼。

[2] 九日经,又称为"九日敬礼",是为得到特别的恩宠而进行的祈祷。

样子，可你却忍不住被他逗乐。他的心情总是那么好。在这场可怕的霍乱中，他的样子自始至终都像是在度假。他的心是十分法国式的，人又聪明，哪里像个英国人。他的口音除外。不过有的时候，修女圣约瑟夫觉得他故意说错逗你笑。当然了，他的品行是有点问题，不过这是他自己的事（叹口气，耸耸肩，摇摇头）。他是个单身汉，又是个年轻人。

"他的品行有什么不好的地方吗，姐姐？"基蒂笑着问。

"你还不知道？不可能吧？告诉你对我而言是一种罪过。我没有权利说这些事。他跟一个中国女人住在一起，怎么说呢，不是汉人，而是满洲人，好像是位公主，她爱他爱得发疯。"

"这事听上去太不可思议了！"基蒂叫道。

"不，不，我向你保证，这事千真万确。他太坏了。还不止这些事呢。你第一次来修道院的时候，他怎么都不肯吃我特意为他做的小蛋糕，我的好嬷嬷还说他的胃被满洲菜给搞坏了，这事你记得吧？她说的就是这个意思，你应该看到了他的抵触情绪。这个故事真是奇怪透了。好像是辛亥革命期间，当时军队正大肆驱逐满洲人，而他正在汉口驻扎，这个善良的小个子瓦丁顿救了一家贵族的命，他们跟皇室沾亲。那个姑娘疯狂地爱上了他——嗯，剩下的你就能猜到了。后来，他离开汉口时，她就跟他私奔了。现在无论他去哪儿，她都要跟着，他只好认命，养着她。可怜的家伙，我敢说他是很爱她的。这些满洲女子有时候是很有魅力的。呃，我在这儿乱说什么呢？还有一大堆事儿要做，我却还在这儿坐着。我是个坏修女，我为自己感到丢脸。"

Chapter 52

　　基蒂觉得自己的心里头有一种奇怪的感觉在生长。没完没了的工作分散了她的注意力，但对他人生活和他人看法的一瞥又唤醒了她的想象力。她的精力开始恢复，感觉越来越好，身体也越来越结实。以前她觉得自己除了哭泣干不了别的，可现在让她感到吃惊和莫大困惑的是，她竟发现自己时常开怀而笑。在可怕的霍乱中新生活似乎开始变成一件十分自然的事。她知道人们正在她的左右死去，但她已几乎不再去想这事了。修道院院长不让她进医务室，那些紧闭的门激起了她的好奇。她本想朝里面偷看，可这么做要想不被人发现是不可能的，而且她也不知道院长会给予她什么样的惩罚。要是被人家赶走，那就太糟了。现在她一心扑在孩子们身上，如果她走了，他们会想她的。说实在的，要是没有了她，她真的不知道她们会怎么样。

　　一天，她突然意识到，一周了她既没有想查尔斯·汤森，也没有梦到他。她的心突然撞击了她的肋骨一下——她痊愈了。现在，她能冷漠地思量他了，她不再爱他了。哦，她顿时感觉轻松多了，那种自在的感觉是多么美妙！回首往事，想起她是那么渴求他的爱，一切真是太不可思议了。她曾想，要是他辜负了她，她就会死掉；她曾想，从此以后除了痛苦生活，再无其他。而现在，她已经在开怀而笑了。真是个没用的东西，她把自己骗得多惨啊！如今，再静下心来看他，她实在想不通自己当初到底看重他什么。幸好瓦丁顿对这事一无所知，不然的话，她可受不了他那恶毒的眼神和含沙射影的嘲讽。她自由了，终于自由了，自由了！她几乎忍不住高声欢呼起来。

孩子们正在吵闹地玩着游戏，她早已习惯了脸上微笑，任由她们玩了。只是孩子们闹得太过时，她会叫她们收敛些，还要时刻提防着她们在玩耍时磕着碰着。现在，她的兴致正高涨，觉得自己跟她们一样年轻了，便过去跟她们一块儿玩游戏。那些小女孩满心欢喜地接纳了她。她们在屋子里追来追去，用最大的声音叫喊着，她们快乐得让人感到不可思议，都近乎于野蛮了。吵闹声大极了。

突然，门开了，修道院院长出现在门口。窘迫的基蒂从十几个疯狂尖叫着的孩子的围困中挣脱了出来。那群孩子正抓着她高声尖叫。

"你就是这样让这些孩子既听话又安静的？"修道院院长问道，一丝微笑挂在她的唇边。

"我们正在玩游戏，院长！她们玩得太疯了。这是我的错，是我纵容她们的。"

女修道院院长走上前去，像往常那样，孩子们又把她围在中间。她用手搂着她们的小肩膀，开玩笑似的拽着她们那黄色的小耳朵。她看着基蒂，目光悠长而温柔。基蒂的脸红了，她在急促地呼吸着。她那双清澈的眼睛闪着光，漂亮的头发在玩闹和大笑中弄乱了，此刻显得尤为迷人。

"你真美，孩子！"女修道院院长说，"看见你真是让人赏心悦目。怪不得这些孩子喜欢你呢！"

基蒂的脸更红了，眼眶里却无缘无故地涌出了泪水。她用手捂着脸。

"哦，院长，您让我觉得很惭愧。"

"快别傻了。美貌也是上帝的恩赐，并且是最珍贵的恩赐之一。如果我们有幸拥有它，就应该心存感恩；如果我们没有，别人却有，对我们而言这也是一种乐事，所以我们也应该感恩。"

她又笑了，用手轻轻碰了碰基蒂那柔嫩的脸颊，就好像基蒂也是个孩子。

Chapter 53

　　因为一直在修道院工作，基蒂很少见到瓦丁顿。有那么两三回，他曾从山上下来到河边与基蒂碰面儿，然后两人再一起上山。他会上门喝上一杯苏打威士忌，却很少留下来吃晚饭。然而，一个星期日，他却提议他们带上午餐，坐着轿子去某座寺院。这座寺院距离城市10英里，是一个多少有些名气的朝拜圣地。修道院院长执意要基蒂休息一天，不让她在星期日工作。当然了，沃尔特还像平时一样忙，自然无法奉陪。

　　他们一早就出发了，为的是赶在天热之前到那儿。他们坐着轿子，沿着稻田间一条狭窄的堤道朝前走，不时从掩映在竹林中的农舍旁走过。农舍都很娴静，让他们有一种似曾相识的感觉。基蒂很享受这种休闲时光，在城市里被囚禁久了，见到周围广阔的乡村，她觉得高兴极了。他们到了寺院，所谓的寺院就是散落在河边的几座低矮的房子，被树木遮挡着，显得颇为和谐。面带微笑的和尚领着他们穿过空荡荡的庄重的庭院，将那些放有一脸怪相的佛像的庙宇指给他们看。佛陀坐在圣殿上，冷漠而悲伤，似乎在冥思，脸上带着一丝不易察觉的微笑。一切都透露着一种阴沉悲戚的感觉。佛堂里的东西表面上富丽堂皇，其实都是粗制滥造出来的，如今也已经显得褪色破败了。佛像上蒙了灰尘，而人们对佛顶礼膜拜的虔诚之心似乎也消亡不再了。和尚们似乎是很勉强地待在这儿的，像在等着散伙的通知。方丈颇为有礼，但在他的微笑中却有种行将退隐的自嘲之意。终有一天，和尚们会远离这片郁郁葱葱的"快活林"，那些正在坍塌的无人照料的房子，也会在狂风暴雨的接连肆虐下化为碎片，然后被周围的草木合围。野生藤蔓植物的枝条会在无人供奉的佛像周围盘绕交织，庭院中也会有树木长出来，然后众神便不会继续在那里居住了，替代他们的将是邪恶的恶魔。

Chapter 54

　　他们在一栋小型建筑物（四根油漆的柱子，一个高高的铺着瓦片的顶，下面是一口巨大的铜钟）的台阶上坐下来，注视着缓慢流动的河水，河水曲曲折折，流向那座正在经受痛苦的城市。他们能看到它那筑有雉堞的围墙。热气笼罩着它，像一件枢衣。不过，尽管河水十分平静，却仍能察觉到它在流动，远远望去，让人不由得心生忧郁，觉得万事万物都只是暂时存在的。一切都已逝去了，留下的又有什么？基蒂觉得整个人类就像是那条河中的小水滴，一直在向前流动，彼此间挨得是那么近，却又是那么遥远；他们是没有名字的，汇聚成一条河，一直流向大海。既然一切都是这么短暂，那么一切都不再那么重要。命如草芥的人类却让彼此间变得那么不愉快，这不是太可悲了吗？

　　"你知道哈灵顿公园吗？"她问瓦丁顿，漂亮的眼睛里露着微笑。

　　"不知道。怎么了？"

"没什么，那里离这儿很远。我家就住在那儿。"

"你想回家了？"

"没有。"

"我觉得再过几个月你就能离开这儿了。疫情似乎正在消退，等天凉了，霍乱就没了。"

"我觉得要是走的话我会感到难过。"

有一会儿她想到了未来。她不知道沃尔特的脑子里到底在想什么，他什么都不跟她说。他冷漠、礼貌、沉默，很难看出他的心思。那条河中的两小滴水正朝着未知的世界悄无声息地流去。在他们看来，这两小滴水是非常富有个性的，可在旁观者眼中却是河水非常普通的一部分而已。

"当心那些修女，别让她们改变了你的信仰。"瓦丁顿说，他的微笑中仍旧透露着一股坏劲儿。

"她们太忙了，没时间在乎这事。她们很了不起，又是那么和善。然而——我不知道该怎么说——在我和她们之间隔着一堵墙，我不知道那是什么。她们似乎拥有某个秘密，让她们的生活变得如此不同，而我却不配分享它。那种东西不是信仰，却比信仰更深——比信仰更有意义。她们在一个跟我们不同的世界中行走，对她们而言，我们永远是陌生人。每天，修道院的门在我身后关上的那一刻，我就觉得我在她们眼中不存在了。"

"我觉得这是对你虚荣心的一种打击。"他回了一句，语气中带着嘲弄。

"我的虚荣心。"

基蒂耸耸肩，然后再次微笑着懒懒地转向他。

"你为什么从未告诉过我你跟一位满洲公主同居的事？"

"那个爱说闲话的老女人都跟你说什么了？我敢保证，对修女们来说，讨论海关官员的私人生活是一种罪过。"

"你怎么这么敏感？"

瓦丁顿低下头，目光朝向一侧，一副诡秘的样子，接着他微微耸了耸肩。

"这事不宜张扬。我不认为这事有利于我快速升迁。"

"你非常爱她，对吗？"

这时他抬起头来了，丑陋的小脸儿上带着淘气的学童的表情。

"为了我，她放弃了一切，她的家，她的家族，安全，还有自尊。很多年前，她将一切抛入风中，跟我走在一起。我把她送走过两三次，可每次她都会回来。我逃跑过，可她总跟着我。如今我总算放弃了，我知道当初我那么做纯粹是在白费力气。我觉得在我生命中剩下的日子里，我就跟她在一起了。"

"她肯定是爱你爱得发了疯。"

"知道吗，那是一种相当可笑的感觉。"说着，他的额头皱起来，显出一副疑惑不解的样子，"要是我真的离开了她，她肯定会自杀的，对此我一点都不怀疑。她对我没有任何的恨意，而是一种很自然的感觉，因为要是没有了我，她便不愿再活下去。那是一种很奇怪的感觉。对每个人来说，这种感觉是多少都会有些意义的。"

"可重要的是两人相爱，而不是被爱。一个人爱另外一个人，另外那个人甚至都不会感激他。要是一个人不爱她们，就只会觉得她们厌烦。"

"我不知道相爱是什么感觉。"他答道，"我的爱情只是单方面的。"

"她真的是满洲公主吗？"

"不，那都是修女们浪漫式的夸张说法。她家是满洲贵族，当然了，在革命中，他们的家都被毁掉了。不管怎么说，她都是一位大家闺秀。"

他说这话的时候语调中透着骄傲，基蒂的眼中便闪过了一丝笑意。

"下半辈子你真的就愿意待在这儿了吗？"

"待在中国？是的。去别的地方她能干什么呢？等我退休了，就在北京买栋小房子，余生就在那儿度过了。"

"你有孩子吗？"

"没有。"

她好奇地打量着他。这个长着一张猴脸的小个子秃顶男人，竟能激起一位异国女士如此热烈的感情，真叫人想不通。尽管他说起她时颇为漫不经心，但她却说不清楚为什么从他说她的态度中感觉到了那位女士热烈而不同寻常的付出。这事让她百思不得其解。

"这儿离哈灵顿公园似乎有很长一段路呢。"她笑着说。

"你为什么这么说？"

"我什么都不懂。生活真是太奇怪了。我感觉自己就像一个一辈子都在鸭塘边住的人，突然看到了大海。我觉得有些喘不过气，心里却很得意。我不想死，我想活下去。我感觉自己心里又有了新的勇气。我感觉自己就像某位年迈的水手，又要扬帆破浪去探索未知的海域了。我觉得我的心中充满了对未知世界的渴望。"

瓦丁顿若有所思地看着她，而她正心不在焉地望着那条平滑的河。两小滴水悄无声息地流着，悄无声息地流向灰暗无际的大海。

"我能去见见那位满洲女子吗？"基蒂突然抬起头问。

"她一句英语也说不了。"

"你一直对我不错，你帮了我很大的忙，或许我能用自己的态度告诉她我对她是友好的。"

瓦丁顿吝啬地笑了笑，那笑中透露着嘲弄，不过他的回答倒是挺爽快的。

"这样吧，等哪天我来接你，到时候她会为你递上一杯茉莉花茶的。"

她不会告诉他这个异国爱情故事从一开始便激起了她的好奇心，如今那位满洲公主已经成了某种事物的象征，隐隐约约、持续不断地召唤着她。她义无反顾地朝着一块神秘的精神圣地进发了。

Chapter 55

　　然而一两天后，让基蒂预想不到的事发生了。

　　她还像往常那样去修道院，第一件事就是看看孩子们是否都洗好脸、穿好衣服了。因为修女们总说夜晚的空气是有害处的，所以宿舍里整个晚上都门窗紧闭，空气闷热而污浊。平时，基蒂吸足了清晨的新鲜空气，一走进宿舍总觉得有点儿不舒服，总是迫不及待地把窗户打开。可今天，她猛然觉得自己很不舒服。她感到头昏眼花，于是便站在窗户旁，试着让自己清醒清醒。她从未像现在这样不舒服过。她感到一阵恶心，哇的一声吐了。孩子们都被她的叫声吓着了。那个正在帮她的年纪稍大些的女孩赶紧跑过来。看到基蒂面色苍白，浑身直发抖的样子，她停下来回头朝外面大声喊人。是霍乱！这个想法突然闪过基蒂的脑际，接着一种死一般的情绪席卷了她，她被吓坏了。她挣扎了一会儿，想要抵住那试图流遍她整个血管的黑暗。她觉得很不好，接着眼前一黑就昏了过去。

　　睁开眼睛的时候，她一时不知道自己身在何处。她似乎正躺在地板上，头轻轻地动了动，感觉头下面垫着个枕头。她什么也想不起来了。修道院院长跪在她身旁，将嗅盐凑近她的鼻子，修女圣约瑟夫站在一旁望着她。随后，那个想法又回来了——霍乱！她看到了修女们脸上那惊慌失措的表情。修女圣约瑟夫看上去是那么高大，身体轮廓却是模模糊糊的。恐惧再次席卷而来。

"哦，院长，院长！"她啜泣着说，"我是要死了吗？我不想死啊！"

"你当然不会死了。"修道院院长说。她十分平静，眼神里甚至露出一丝愉悦的神情。

"可这是霍乱啊。沃尔特在哪儿？有人去叫他了吗？哦，院长，院长。"

她的眼泪突然夺眶而出。修道院院长把自己的一只手递给她，基蒂紧握着它，似乎是在抓着救命的稻草。

"冷静点，冷静点，亲爱的孩子，快别犯傻了。不是霍乱，跟霍乱一点边儿也不沾。"

"沃尔特在哪儿？"

"你的丈夫太忙了，不宜被打扰。五分钟以后你就全好了。"

基蒂盯着修道院院长，一副忧心忡忡的样子。她为什么这么平静？这太残忍了。

"好好躺一分钟，一句话也不要说。"修道院院长说，"没什么可担心的。"

基蒂觉得自己的心在狂跳。成天与霍乱打交道，她早已习惯地认为自己不可能染上。唉，她多傻啊！她知道自己就快要死了，内心恐惧到了极点。女孩们抬进来一张长藤椅，放在了窗户底下。

"振作点，我们把你抬起来。"女修道院院长说，"在长椅上躺着你会更舒服些的。你觉得自己能站起来吗？"

她将手放在基蒂的胳膊底下，而修女圣约瑟夫也扶着她站起来。她筋疲力尽地瘫坐在长椅上。

"我最好把窗户关上。"修女圣约瑟夫说，"清晨的空气对她不好。"

"别，别，"基蒂说，"让它开着吧。"

窗户外，蓝色的天空给了她勇气。她在颤抖，但确定无疑的是，她现在感觉好多了。两个修女默不作声地看了她一会儿，然后修女圣约瑟夫对女修道院院长说了些什么。至于说的是什么，基蒂没听懂。然后就见修道院院长在椅子旁坐下，握住了她的手。

"听着，我的孩子……"

她问了她一两个问题，基蒂都回答了，却不知道那些问题究竟是什么意思。她的嘴唇抖得很厉害，几乎说不出话来。

"已经没疑问了，"修女圣约瑟夫说，"这种事可骗不了我。"

她笑了笑，基蒂似乎从她的笑容中察觉到了一丝兴奋和慈爱。修道院院长仍在握着基蒂的手，她在温柔地笑着。

"亲爱的孩子，在这种事上修女圣约瑟夫的经验比我多，她马上就说出了你是怎么回事。她说得非常对！"

"您是什么意思？"基蒂焦急地问。

"这事已经很明显了。以前你没遇到过这种事吗？你怀孕了，亲爱的孩子！"

基蒂惊得从头到脚都颤抖起来，她将双脚放在地上，似乎就要一下子跳起来。

"躺下，躺下。"修道院院长说。

基蒂觉得自己的脸忽地一下红了，她把双手抱到了胸前。

"这不可能。这不是真的。"

"她说什么？"修女圣约瑟夫问。

女修道院院长做了翻译。修女圣约瑟夫的脸颊红红的，单纯的胖脸上神采飞扬。

"一点儿都不会错。我敢发誓！"

"你们结婚多久了，我的孩子？"修道院院长问，"这没什么大惊小怪的，我弟媳结婚时间跟你一样长，却早有两个孩子了。"

基蒂又坐到了椅子上，心如死灰。

"我觉得很丢脸。"她小声说。

"就因为你即将拥有一个小宝宝了？嗨，还有比这更正常的事吗？"

"医生肯定会很高兴的！"修女圣约瑟夫说。

"是的，想想吧，你丈夫听了这事该有多高兴。他会高兴得晕过去的。瞧瞧他跟孩子们在一起的样子，跟他们玩的时候他脸上的那种表情。如今他终于有了自己的孩子，他的心都会幸福得醉掉的。"

基蒂沉默了一会儿。两位修女饶有兴致地看着她，目光中露着温柔，修道院院长还温和地抚摸着她的手。

"我真蠢，以前竟没有想到这事。"基蒂说，"不管怎么说，谢天谢地，我并没有染上霍乱。我觉得好多了。我要去工作了。"

"今天不行，亲爱的孩子。你受了惊吓，最好回家休息。"

"不，不，我宁可留下来工作。"

"不行。如果我让你鲁莽行事，那我们的好医生会怎么说？要是你愿意的话，明天再来吧，或者后天也行，但今天你得静养。我让人叫顶轿子。你想让我派个女孩跟你一块儿回去吗？"

"呃，不，我一个人就行了。"

Chapter 56

　　基蒂在床上躺着，百叶窗关着。时间已是午后，仆人们都睡着了。早上她得知的那个消息（现在她确定这事是真的了）叫她的心里充满了恐慌。回家之后她一直在想，但她的脑子里一片空白，怎么也理不出一点头绪。突然她听到一阵脚步声，是靴子踩地的声音，因此不可能是男仆。她的心一紧，不由得屏住了呼吸，她知道这人只可能是她的丈夫。他在客厅里，她听到他正在叫她。她没有应答。一时间屋子里一片静寂，然后就听见有人敲她的门。

　　"谁啊？"

　　"我能进来吗？"

　　基蒂从床上坐起来，穿上一件睡袍。

　　"好的。"

　　他走了进来。她很庆幸百叶窗是关着的，暗影正好可以遮住她的脸。

　　"希望没吵到你。我敲门敲得非常非常轻。"

"我没睡着。"

他走向一扇窗户，打开了百叶窗。一大片温暖的光泻进屋子里。

"什么事？"她问，"你怎么这么早就回来了？"

"修女们说你感觉不太舒服。我想最好还是回家看看你怎么了。"

一股愤怒突然贯彻了她的全身。

"如果我染上了霍乱，你还会把话说得这么轻巧吗？"

"如果你真的染上了霍乱，今天早上你肯定就回不来了。"

她走向梳妆台，拿起梳子梳理她乱作一团的头发。她想赢得一些时间。然后，她坐下，点燃了一支烟。

"今天早上我觉得不太舒服，修道院院长觉得我最好回来。不过现在我彻底没事了。明天我照例去修道院的。"

"你怎么了？"

"她们没告诉你吗？"

"没有。修道院院长说你会亲自告诉我。"

他在盯着她的脸，这是一直以来从未有过的事。不过从神情来看，他的职业本能要比他作为丈夫应有的关切更强烈。她犹豫了一会儿，然后强迫自己与他对视。

"我就要有自己的孩子了。"她说。

她早就习惯了他用沉默回应她的某个陈述，而这样的陈述她会很自然地期待能激起他的一声惊呼，不过这次他的沉默却让她感到了一种从未有过的惊慌。他什么也没说，也没做出任何姿态，脸上的神情和他那双黑眼睛里的神色变化都未表明他听到了什么的迹象。她突然想哭。如果一个人爱他的妻子，他的妻子也爱他，那么此时此刻，他们已经被某种强烈的感情聚拢到一起了。沉默是不可忍受的，她要将它打破。

"我不知道为什么以前我没有意识到这事。我太蠢了，可……事情一件接一件的……"

"你……多久……你估计什么时候生？"

这些话似乎是很困难地从他嘴里说出来的。她觉得他的喉咙跟她的一样干。她说话的时候嘴唇抖得不行，真讨厌！如果他不是铁石心肠，这话肯定会激起他的同情的。

"我想我这种情况已经有两三个月了。"

"孩子的父亲是我吗？"

她猛吸了一口气。他的声音微微有些发抖，可怕的是，他那冷静的自制力竟将这最细微的感情的流露击了个粉碎。她不知为什么突然想起了以前在香港看到的一件仪器，仪器上有根针，轻轻摆动了一下，人家便告诉她这表明一千英里外发生了地震，或许已有一千人失去了生命。她看着他。他的脸色很苍白，这种苍白她以前在他的脸上看到过一两次。他的目光向下，稍稍有些斜视。

"呃？"

她攥紧了自己的手。她知道如果她说是，对他来说这将意味着一个新的世界的来临。他会相信她的。他当然会相信她了，因为他想这样，然后他就会原谅她。她知道他的柔情有多深，还知道他有多么愿意使用它，尽管他害羞得不行。她知道他没有报复心，如果她能给他一个借口，一个能够触动他的借口，那么他准会原谅她，而且是彻彻底底地原谅。他决不会将过去的错误归咎到她身上，在这一点上她是相信他的。或许他残酷、冷漠、病态，却既不卑鄙，也不小气。如果她说是，一切都将发生改变。

　　还有，她迫切需要别人的同情。突然获知自己怀孕的消息让她的心里充满了奇怪的希望和无名的渴望，这两样东西叫她不知所措了。她觉得很虚弱，又有点儿害怕，既孤独，又觉得离任何的朋友都很远。尽管她不怎么喜欢她母亲，可那天早晨却突然想要跟她在一起。她需要帮助和安慰。她不爱沃尔特，她知道永远也不会爱上他，可此时此刻，她却满心渴望着他能将自己搂在怀中，让她能够把头靠在他的胸膛上，紧紧抓住他，让自己能够幸福地哭泣。她想让他吻她，她想用双手搂着他的脖子。

　　她开始哭泣。她撒过很多次谎，撒谎已变成了一件易事。倘若撒谎只会带来好处，撒个谎又有什么关系？谎言，谎言，谎言又是什么？说个"是"还不容易。她看到沃尔特的眼中露出了怜悯之情，他的胳膊已经朝她伸开了。她不能说"是"，她不知道为什么，但就是不能说。在这几个苦难的礼拜中，她经历的那些事——查理和他的无情，霍乱和那些正在死去的人，还有那些修女，说来也怪，甚至还包括那个滑稽的爱喝酒的小个子瓦丁顿——似乎所有的一切都将她改变得不认识自己了。尽管她被深深地感动了，可在她灵魂深处，似乎有一些旁观者正在惊恐中好奇地望着她。她必须说真话，别无选择。她觉得撒谎似乎是不值得的。她的思绪在奇怪地漫游着，突然她的眼前浮现出墙根下的那个死去的乞丐。她为什么想起他？她不再啜泣了，眼泪顺着她的脸颊往下流，而且很轻易地就从她那睁大的眼睛里流出来了。她终于回答了那个问题。他问她他是不是孩子的父亲。

　　"我不知道。"她说。

他低声笑了笑，基蒂不由得浑身发抖。

"这事有点麻烦了，对不对？"

他的回答很符合他的个性，跟她预想的一模一样，却让她的心沉了下去。她想知道他是否意识到了说真话对她而言有多难（话出口的那一刻，她才知道其实说这句话一点都不难，而是不可避免的），他是否相信了她说的话。她的回答"我不知道，我不知道"是经过一番推敲才说出来的，现在要想收回已是不可能了。她从包里掏出手帕，擦眼睛。他们都没说话。她床边的桌子上放着一根虹吸管，他去为她倒水。水来了，他端着杯子，让她喝，这时她才注意到他的手有多瘦。以前他的手长得很好看，很修长，手指也长，现在却只剩下皮包骨头了。他的手微微颤抖着，表情控制得很好，手却出卖了他。

"别介意我哭，"她说，"真的没什么，我只是控制不住自己的眼泪。"

她把水喝了，他把杯子放回原处。他在一把椅子上坐下，点燃一支烟，然后微微叹了口气。以前有那么一两次，她听他这么叹息过，这叹息总是让她揪心。此刻他正茫然地看着窗外。看到他的样子，她吃惊地发现最近这几个星期他变得有多瘦。他的太阳穴陷进去了，脸上的骨头透过皮肤显现出来。他的衣服松松垮垮地在身上穿着，好像穿的是别人的大号衣服。他的脸晒得黝黑，却透露着一丝苍白。整个人看上去疲惫不堪。他工作得太辛苦了，几乎到了废寝忘食的地步。她在悲伤和恐慌中，也忍不住同情起他来。她什么都为他做不了，一想到这个她就觉得残忍。

他将手放在额头上，似乎他的头在痛。她有一种感觉，下面这句话也在反复捶打着他的脑袋：我不知道，我不知道。奇怪的是，这个阴郁、冷漠、害羞的男人，竟然对那些小孩子有着一种天生的爱。要知道，大部分的男人甚至连自己的孩子都不太喜欢。那些被感动又觉得有点儿好笑的修女，不止一次提起这事。要是他对那些逗人的中国小孩子都那么疼爱的话，对自己的孩子又会怎样？基蒂咬着自己的嘴唇，竭力不让自己再哭出来。

他看了看表。

"恐怕我得返回城里去了。今天我有很多的事要做……你一个人没事吧？"

"哦，没事。别担心我。"

"我想今天晚上你最好别等我了。我可能很晚才会回来，我从余上校那里要点吃的东西就行了。"

"好吧。"

他站了起来。

"如果我是你，今天就什么都不做。你最好放松些。我走之前你还有什么想要我帮忙的吗？"

"没有了，谢谢。很快我就会没事的。"

他停了一会儿，似乎还没拿定主意，然后突然拿起帽子，看都没看她一眼就走了出去。她听着他的脚步声穿过了院子，而后突然感到一种前所未有的孤独。这会儿再也用不着控制了，她让自己哭了个痛快。

Chapter 57

　　夜晚闷热，基蒂坐在窗户旁，看着那座中国寺院的顶。那些顶与众不同，在星光的映照下显得黑漆漆的。沃尔特终于进来了。因为哭泣，她的眼睛很疲惫，心里却是平静的。有这么多的烦恼折磨她，搞得她身心俱疲，心里反而有了这种奇怪的平静。

　　“我以为你早上床了呢。”沃尔特边走进来边说着。

　　“我不困。我觉得坐着要更凉快些。你吃饭了吗？”

　　“吃过了。”

　　他在长长的屋子里来回踱步，好像有什么话要跟她说。她知道他羞于开口，于是她不动声色，等着他鼓起勇气。他突然就开口了。

　　“我一直在想今天下午你跟我说的那番话。我觉得你还是离开的好。我跟余上校谈过了，他答应派一队士兵护送你。女佣你可以带走。这样你就非常安全了。”

　　“我能去哪儿？”

"去你母亲那儿。"

"你觉得她会想见我吗？"

他停了一会儿，显出一副犹豫不决的样子，像是在思索着什么。

"那你就去香港。"

"我去那儿做什么？"

"你需要精心照顾。我觉得叫你留在这里不公平。"

她忍不住露出了微笑，不是出于讽刺，而是真的被逗笑了。她瞥了他一眼，差点笑出声来。

"我搞不明白你为什么这么在乎我的健康。"

他走到窗前，望着窗外的夜色。天上没有云，夜空中布满了闪亮的星星。

"照你目前的状况，这地方不适合你待了。"

她看着他，他薄薄的衣服在黑暗的衬托下显得很白，他那漂亮的侧脸上透露着某种诡异的东西，可奇怪的是，她一点都不害怕。

"当初你执意要我来这里，是不是想害死我？"她突然问道。

过了很久他才回答，让她都觉得他是故意装作没听见。

"刚开始的时候是。"

她的身体微微有些颤抖，因为这是他第一次承认自己的意图。不过她并不恨他。她觉得他的意图中带有某种令人钦佩和愉悦的成分，她为自己有这样的感觉而吃惊。其中的原因，她说不太清楚，不过她突然想起了查理·汤森，她觉得他就是一个卑贱的蠢货。

"你这个险冒得可真是糟透了，"她答道，"你的良心那么敏感，万一我死了，我想知道你是否能够原谅自己。"

"呃，可你没死，你活过来了。"

"这辈子我都没感觉这么好过。"

她冲动地附和了他的讽刺。他们曾在恐怖而荒凉的地方生活，如今经历了这么多的事，再觉得那起愚蠢的通奸事件重要就显得太荒谬了。当死神站在街角，像园丁挖土豆一样夺去人们的性命时，再去想这个或者那个人做了哪些身体上的肮脏事就显得太愚蠢了。她多希望他能意识到，其实查理在她的眼中是那么不值一提，现在想起他长什么样子都很费劲，她对他的爱已经从她的心里彻底消失了！她已经对汤森没感觉了，他们在一起做的那些事也失去了意义。她重新得到了她的心，过去身体上做的那些事似乎一点儿都不重要了。她真想对沃尔特说："听着，你不觉得咱俩一直以来都很蠢吗？咱俩像孩子那样生彼此的气。为什么咱们不能接个吻成为朋友呢？因为咱俩不是情侣关系了，所以就连朋友也做不成了，这是没有任何道理的啊。"

他一动不动地站在那里，灯光让他那张冷漠的脸上的苍白变得触目惊心。她还不能确信他有那种诚意。如果她说得不对，他会用那种冷漠的严肃反击她的。迄今为止，她对他的极度敏感有了了解。他的尖酸刻薄是对这种敏感的一种保护。如果他的感情受伤了，他会很快地将心门关闭。她一时间很烦他的愚蠢。当然了，最让他备受折磨的是对他虚荣心的伤害。她隐约意识到这是最难治愈的伤痛。令人不可思议的是，男人竟是那么看重他们妻子的忠贞。她第一次跟查理幽会的时候，期待着会有一种很不同的感觉，成为一个不一样的女人。然而事与愿违，除了精神上感觉安宁、活泼了点，其他还是老样子。此刻，她真希望那会儿能告诉他这个孩子是他的。这个谎言对她而言不算什么，可对他来说却是一种莫大的安慰。话说回来，或许这并不是个谎言。可笑的是，她心里的某种东西却不允许她这么想。男人们有多蠢啊！他们在生育的过程中扮演的角色是那么微不足道。是女人怀着孩子，历经数个漫长而不舒服的月份，然后再在痛苦中将孩子生下来，而一个男人，却因为片刻的联系就做出这么荒唐的要求。孩子是亲生与否，对他们来说真的那么重要吗？基蒂的思绪飘到了她那即将出生的孩子身上。她想这事的时候，既没有带着感情，也非出于母爱的天性，而仅仅是觉得有些好奇。

"我觉得你应该把这事好好考虑一下。"沃尔特打破了这长久的沉默。

"考虑什么？"

他将身子转过来一些，似乎觉得很吃惊。

"想你什么时候走啊。"

"可我并不想走。"

"为什么不想？"

"我喜欢修道院的工作。我觉得我正在将自己变成一个有用的人。只要你在这儿待着，我就不走。"

"我觉得应该告诉你，依你目前的身体状况，可能会更容易地患上一种正在流行的传染病。"

"我喜欢你说话时慎重的样子。"她讥笑道。

"你不是为了我才留下来的吧？"

她犹豫了。他根本不知道此时此刻他在她心中激起的最强烈、同时也是最意想不到的感情，竟然是怜悯。

"不是。你并不爱我。我常想我很令你厌烦。"

"我以为几个古板的修女和一群乳臭未干的中国小孩子会让你烦心，看来我错了。"

她的嘴角微微地一挑。

"就因为你对我判断失误，你就这么瞧不起我，我觉得对我来说这样很不公平，你是个大笨蛋，这事可怪不着我。"

"要是你决定留下来了，那就随你的便吧。"

"真对不起，没能让你一展绅士风度。"她发现想要跟他好好说话，已经很难了，"其实，你是对的，我留下来不光是为了那些孤儿。知道吗，我现在所处的位置很特殊，在这个世界上我连个依靠的人也没有，我连一个不觉得我烦的人都不认识，我连一个对我是死是活一点儿都不在乎的人也不认识。"

他皱了皱眉头，但并不是因为生气才这么做的。

"咱们把一切搞得糟透了，对不对？"他说。

"现在你还想跟我离婚吗？我觉得我再也不会在乎了。"

"你要知道，当初把你带到这里来时，我就已经原谅了你的过错。"

"我不知道。知道吗，我对不忠没有进行过研究。以后等离开这儿了，我们该怎么办？继续在一起生活吗？"

"呃，你不觉得咱们可以让未来自己做出安排吗？"

他的声音中透露着死一般的疲惫。

Chapter 58

　　两三天后，瓦丁顿把基蒂从修道院（烦躁不安让她立即重新开始了工作）接走，按照事先的约定，带她去跟他的情妇喝茶。基蒂以前曾去瓦丁顿家里吃过几顿饭。那房子四四方方的，被刷成了白色，显得有些矫饰，就跟海关为他们所有在中国的官员盖的房子一样。吃饭的餐厅和闲坐的客厅里摆放着古板而结实的家具。这些房子瞧上去一半是办公室，一半是旅馆，里面一点家的感觉也没有，让你觉得它们只是一拨接一拨的租客偶尔逗留的地方。一走进来，你很难联想到楼上的卧室里正端坐着一位神秘又有几分浪漫色彩的女子。他们走上一组楼梯，之后瓦丁顿打开了一扇门。基蒂跟在他后面，走进了一间宽敞的房间，里面的墙面用白灰粉刷过，上面挂着数轴巨大的风格各异的书法作品。屋内有一张方桌，方桌旁摆着一把硬挺的扶手椅。两件家具都是黑檀木的，并且雕刻得都很讲究。那个满洲女子就端坐在椅子上。见基蒂和瓦丁顿进来了，她从椅子上站了起来，却没再向前走一步。

"这就是她。"瓦丁顿说，然后又用中国话说了些什么。

基蒂跟她握了手。她穿着一件刺绣的长款旗袍，身材显得颇为修长，个子好像比基蒂还要高几分，这是见惯了南方人的基蒂没有想到的。她穿着一件浅绿色的丝质短上衣，袖子一直到腕部都是紧紧的；黑色的头发是精心设计过的，上面戴着满人特有的装饰。她的脸上涂着一层厚厚的粉，脸颊上，从眼睛开始一直到嘴部都搽着浓重的胭脂；眉头被拔过，是一条纤细的黑线，嘴唇涂得鲜红。在这张面孔之中，她那双黑黑的略微有些斜视的大眼睛闪着光，就像两湾清亮的煤玉[1]湖。她瞧上去更像是一个人偶，而不像是一个女人。她的举止温文尔雅。基蒂觉得她略微有些害羞，但同时又对来客充满了好奇。瓦丁顿向她介绍基蒂时，她看着基蒂，点了两三次头。基蒂注意到了她的手，这双手修长得不可思议，十分纤细，是象牙色的；精致的指甲上涂着油彩。基蒂觉得她从未见过这般柔弱却精致的手，它们让人想到，这双手定是源自上百年的贵族教养。

她说了几句话，声音又尖又细，就像果园中鸟儿的啁啾，其间瓦丁顿一直在翻译，他告诉基蒂说她高兴见到基蒂，还问基蒂多大了，有几个孩子。他们在方桌旁的三把直背椅子上坐下来。一个男仆把茶端了上来，茶很清淡，散发着茉莉花的香味。满洲女子递给基蒂一个绿色的锡盒，里面是"三城堡"牌的香烟。除了桌子和椅子，屋里几乎没有摆放什么家具，只有一张铺着毛毡的宽大的床，上面摆放着一个带刺绣的枕头和两个白檀木的柜子。

"白天一天她是怎么打发时间的？"基蒂问。

---

[1]煤玉，又名煤精，一种矿物，生成于距今约3000万年的新生代第三纪。

"画画儿，有时还写首诗。不过大多数时间里干坐着。她吸烟，却很有节制，这一点让我觉得颇为幸运，因为我们的职责之一就是禁止鸦片买卖。"

"你吸烟吗？"基蒂问。

"很少吸。实话跟你说，我更喜欢喝威士忌。"

屋里散发着一种微微的有刺激性的气味，闻起来不令人讨厌，却很特别，充满异国情调。

"请告诉她，很抱歉我不能跟她交谈。我确信我们有很多的话要对彼此说。"

当这句话被翻译给满洲女子听时，她飞快地朝基蒂瞥了一眼，眼神中露出一丝微笑。她坐在那儿，身上穿着漂亮的衣服，一点儿都不觉得尴尬，那样子令人难忘。她那张涂脂抹粉的脸上面，一双眼睛透露着机警、沉稳，显得深不可测。她是虚幻的，就像一幅画，却有着一种令基蒂相形见绌的高贵。命运将基蒂扔到中国来了。以前她对中国的关注只是蜻蜓点水般的，并且在这极少的关注中还有几分蔑视。她对中国是没有好感的。而此刻，她似乎突然对某种遥远而神秘的东西有了一个模糊的概念。这就是东方——古老、玄奥、深邃。与她从这个尤物身上那短暂的一瞥中所看到的理想和信念相比，西方的信念和理想似乎变得幼稚了。这是一种不同的生活，与她分属两个不同的世界。看到这个偶像，看到她那涂脂抹粉的脸和倾斜而机警的目光，基蒂有了一种奇怪的感觉，似乎在日常生活中她所熟悉的那些努力和痛苦都显得有些荒唐可笑了。那张粉饰过的面具下面，似乎藏着一种丰富、深刻、意义非凡的经历的秘密；那双修长、娇嫩、十指如削葱根般的手中攥着数个未解之谜的钥匙。

"平时她都想些什么？"基蒂问。

"什么都不想。"瓦丁顿笑着说。

"她真是令人惊叹。请告诉她，我从未见过这么漂亮的手。我想知道她看中了你什么。"

瓦丁顿微笑着把问题做了翻译。

"她说我人好。"

"说得就好像一个女人会因为一个男人的品行而喜欢他似的。"基蒂讥笑道。

满洲女子只笑过一次，那是在基蒂对她戴着的一只翡翠手镯发出赞赏的时候。她把手镯摘下来给基蒂，基蒂想把它戴上，可是尽管她的手很小，却发现连指关节处都套不过去。接着，满洲女子就突然迸发出一阵孩子般的笑声。她对瓦丁顿说了些什么，然后叫进来一位女佣。她吩咐了女佣几句，不一会儿的工夫，女佣就拿进来一双非常漂亮的满洲鞋子。

"要是你能穿上，她就送给你了。"瓦丁顿说，"你会发现它们很适合做卧室拖鞋。"

"非常适合我！"基蒂不无满意地说，不过她在瓦丁顿的脸上察觉到了一丝坏笑。

"这鞋子她穿着太大了吧？"她赶紧问。

"太大了。"

基蒂大笑起来，瓦丁顿做了翻译之后，满洲女子和女佣也跟着笑起来。

过了一会，基蒂和瓦丁顿一起朝山上走去。她脸上带着友善的微笑转向他：

"你还没告诉我你非常爱她呢。"

"你怎么觉得我爱她？"

"我从你的眼神中看出来了。那种爱很奇怪，绝对像是爱某个幻影或者梦幻般的事物。男人们是不可靠的。当初我还以为你跟别的男人一样呢，可现在我觉得自己对你一点都不了解。"

到了平房以后，他突然问她：

"你为什么想见她？"

基蒂犹豫了一会儿，然后做出了回答。

"我在寻找某种东西，我不太清楚那是什么。可我知道把这种东西弄明白了对我来说很重要。一旦弄明白了，我的人生将会完全不同。也许修女们知道，跟她们在一起时，我觉得她们保守着一个秘密，而这个秘密她们不愿与我分享。我觉得如果我能见到这个满洲女子，我就会对我寻找的东西有一个模糊的认识。我不知道我为什么会这样想。如果她会说英语，或许她就能告诉我答案。"

"你怎么会认为她会知道那种东西？"

基蒂瞥了他一眼，但没回答，而是反问了他一个问题。

"你知道那是什么吗？"

他笑了笑，然后耸了耸肩。

"道。在我们当中，有人在鸦片中寻找'道'，有人在上帝那里寻找'道'，有人在威士忌中寻找'道'，有人在爱中寻找'道'。'道'都是一样的，'道'又毫无结果。"

Chapter 59

　　基蒂再次回到轻松的日常工作中了。清晨，尽管刚进宿舍时觉得不太舒服，不过她的热情高涨，足以不让这种感觉搞得她心慌意乱。修女们忽然都对她来了兴致，对她的关注之热烈让她始料未及。比方说那些她不知道名字的修女吧，平时见到她时不过问候一声"早上好"，如今却常常找一个牵强的借口走进她工作的房间去看她，像小孩子那样愉快而兴奋地跟她聊会儿天。修女圣约瑟夫总是不厌其烦地跟她说最近这段日子她是如何一步步推断出基蒂怀孕的，有时候基蒂真觉得她有点烦。她先是暗想"嗯？奇怪……"，然后是"我不该感到奇怪"，最后当基蒂晕倒时，她得出了结论："没有疑问了，这种事可骗不了我。"她絮絮叨叨地跟基蒂讲她弟媳分娩时的琐事，要不是基蒂对幽默的理解力超群，听了这些事定让她觉得非常惶恐。修女圣约瑟夫兴致勃勃地将养育她的故乡（一条河蜿蜒流过她父亲的牧场，岸边的白杨树的树叶在最微弱的风中晃动）与宗教中那些耳熟能详的迷人事件融合到了一起。一天，在极其确信异教徒对这种事一无所知之后，她把天使传报的事[1]跟基蒂讲了。

"读那些经文的时候，每次我都哭。"她说，"我也不知道是为什么，但是它总是给我那种奇特的感受。"

然后，她就用法语，用基蒂听来很陌生的词汇，用略显严肃的精准词汇，引述开了：

"然后天使来到她面前说，万福的马利亚，上帝与你同在，你在女人中是有福的。"

基蒂怀孕的消息像一阵在满园的白花中间戏耍的微风传遍了整座修道院，在那些无法生育的女人中引起了不小的骚动，并让她们变得极为兴奋。她有点儿吓着她们了，却又让她们着迷。她们都是用粗俗的常识看待她那怀孕的身体的，因为她们是农民和渔夫的女儿；不过，她们那孩子般的心中却对此充满了敬畏。一想到她挺着大肚子，她们就觉得困惑，心里头却又是高兴的、莫名的兴奋的。修女圣约瑟夫告诉她，她们都为她祈祷过了，修女圣马丁说很遗憾基蒂不是天主教徒，而修道院院长却责备了她。她即便是新教徒也可以成为一个好女子，一个勇敢的女子；上帝总会以这种或者那种方式安排好一切的。

激起了别人这么大的兴趣，基蒂不禁感到受宠若惊，不过让

---

[1]天使传报的事，即天使加百利向马利亚传报耶稣即将通过马利亚成胎而降生。详见《圣经·新约》。

她最为吃惊的却是，严肃而圣洁的修道院院长也开始对她加倍亲近了。她对基蒂一贯友好，却给人一种疏远的感觉；而现在，她对待基蒂就像母亲对待宝贝女儿一样。她的声音中增添了一种柔和的调子，她的眼神中突然显出欣喜，就好像基蒂是一个刚刚做了一件讨大人喜欢的事的孩子。这种情景让基蒂感到莫名的感动。院长的灵魂像平静、灰色的大海，庄严地翻滚着，她那肃穆的高贵使人敬畏，突然，一道阳光让她变得活泼欢愉起来。傍晚的时候，她常常过来跟基蒂坐坐。

"我一定得把你看好了，千万不能让你把自己累着，我的孩子！"她说，然后为自己找了一个托词，"不然的话，费恩医生永远都不会原谅我的。哦，英国人的那种保守是出了名的！这会儿他还挺高兴，可一旦你跟他提起孩子的事儿，他的脸马上就变得很苍白了。"

她拉过基蒂的手，温柔亲切地拍着。

"费恩医生跟我说，他想叫你走，可你并不愿意，因为你舍不得我们。你的心肠真是太好了，亲爱的孩子。还有，我想让你知道，我们非常感谢你一直以来为我们提供的帮助。可我觉得你也不想离开他，这样更好，因为你是他的"助手"，他需要你。啊，那个令人钦佩的男人要是不在了，我简直不知道我们该怎么办。"

"他能对你们有所帮助，对此我觉得很欣慰。"基蒂说。

"你一定要全身心地去爱他，亲爱的。他是个圣人。"

基蒂笑了，心里却在叹息。现在她唯一能为沃尔特做的事，却又不知道该怎么去做。她想让他原谅她，不是为了她，而是为了他自己，因为她觉得只有这样他才会心安。求他原谅自己是没用的，一旦他起了疑心，发现她这么做不是为了她，而是为了他，他那执拗的虚荣心理就会让他不顾一切拒绝的（说来也怪，她现在不烦他的虚荣心了，她觉得这种事情很正常，只是为他感到更遗憾了）。唯一的办法就是发生一件意想不到的事，让他放松警惕。她觉得他会高兴地迎接感情上的一种喷发，从而将他从怨恨的梦魇中解放出来，不过他在感情上又是那么笨，到来的那一刻，他会拼尽全力跟它搏斗的。

男人们在一个充满痛苦的世界里只能逗留这么短的一段时间，却又这样折磨自己，你说可怜不可怜？

Chapter 60

尽管修道院院长只跟基蒂聊过三四次，其中有一两次只聊过十分钟的工夫，但这些谈话留给基蒂的印象却是深刻的。她的性格像一片乡土之地，初次相识的时候觉得挺广大，又很荒凉，不过很快你便能在里面发现位于连绵起伏的巍峨的群山中的，被果树包围着的怡人的小村子和惬意地流过茂密牧场的欢快的小河。尽管这些美景让你惊叹，甚至能够让你打消疑虑，但站在这被大风侵袭的褐土高坡上，却不足以让你有家的感觉。要想跟修道院院长结为密友是不可能的。基蒂在她的身上感觉到了一种没有人情味儿的东西，这种东西她在别的修女身上也感觉到了，甚至在友善、健谈的修女圣约瑟夫身上也感觉到了，但在她那里，基蒂感觉到的却是一种几乎能够看得见的障碍。修道院院长能够和你在同样的地面上行走，也会去做日常琐事，却很明显地生活在一个你触摸不到的星球上，让你觉得非常古怪，却又无比敬畏。有一回，她跟基蒂说：

"修女只对耶稣祷告是不够的，她还要成为自己的祈祷者。"

　　尽管她的谈话中总是掺杂着天主教教义，但基蒂听起来却似乎是从她心中自然而然流淌出来的，丝毫没有对异教徒说教的意思。让基蒂觉得奇怪的是，尽管修道院院长有一颗深厚的慈悲之心，却甘愿让她陷入一种在她看来是对罪恶无知的状态中。

　　一天傍晚，两个人又坐在一起了。如今，白天变短了，傍晚柔和的光叫人觉得很舒服，又有点儿让人伤感。修道院院长瞧上去很累，她那张悲天悯人的脸显得憔悴苍白，那双漂亮的黑眼睛也失去了热情。看来她需要时间来集聚精力。

　　"对我来说，今天是一个值得纪念的日子，我的孩子。"她从长久的沉思中挣脱了出来，"因为这是我终于下定决心皈依天主教的周年纪念日。皈依这事儿我想了两年，受了不少苦，我曾害怕这种召唤，担心被人世间的鬼怪再次捕获。不过那天早晨，当我领受圣餐时，我发誓要在夜晚来临之前向母亲述说我的愿望。领受圣餐之后，我祈求主赐予我宁静。我觉得主答复了我，他说，当你不再对宁静渴求时，你就会拥有它了。"

　　修道院院长似乎沉浸在了对往日的回忆中。

　　"那天，我们的一位朋友，维纳特夫人，没有告诉她的任何亲戚，就动身去卡尔梅勒山[1]了。她知道他们会反对她这么做。不过她是个寡妇，她觉得自己有权利做自己决定好的事。我的一位表姐去为这位可敬的逃亡者送行，直到傍晚才回家。她被深深地感动了。这事我没有跟母亲说，一想到要把心中的想法告诉她，我就浑身发抖，然而我渴望坚守自己领受圣餐时所做出的决定。我问了我

---

[1] 卡尔梅勒山，位于以色列西北部的一座山，靠近地中海沿岸。

的表姐各种各样的问题。我的母亲似乎正沉浸在编织绒绣椅垫的工作中，一个字也没听见。跟表姐说话的时候，我心里想：如果今天想说，那就一刻也不能再耽搁了。

"奇怪的是，当时的情景我竟记得那么清晰。我们围坐在桌子旁，是一张圆桌，上面铺着一块红色的桌布。我们借着灯光干活儿，那盏灯的灯罩是绿色的。我的两个表姐跟我们在一起，我们都在编织绒绣椅垫，为的是给客厅里的那些椅子换上新垫子。想想看，原来的椅垫是路易十四执政时买的，从那儿以后就没换过，如今已变得非常破旧，颜色也褪了，母亲说很丢脸。

"我想好了要说的话，可嘴唇却张不开。几分钟的沉默过后，母亲突然对我说：'我真是理解不了你朋友的所作所为。就这样不辞而别，跟那些深爱着她的人连个招呼都不打。我不喜欢这种做派。这种姿态有些出格儿，我觉得很不好。一个有教养的女人是不会叫人家说三道四的。要是以后你离我们而去，让我们无比伤心，千万不要像犯了罪似的逃之夭夭。'

"这时候就应该说了，可我太软弱，只说出了这样的话：'咳，你就放心吧，母亲，我是没勇气这么做的。'

"母亲没再说什么，而我却因为没说出心里话而后悔不已。我似乎听到了主对圣彼得说的那句话：'彼得，你不爱我吗？'唉，我是多么软弱，多么忘恩负义啊！我喜欢舒适的生活，舍不得我的家人和我的娱乐活动。我陷入了痛苦的沉思中，过了一会儿，交谈似乎并未被打断，母亲对我说：'别担心，我的奥德特，我觉得你不做亏心事就不怕鬼敲门。'

"我仍然处于焦虑和思考中，我的表姐不知道我的心跳得有多快，仍在一声不吭地干活儿。突然，母亲手中的椅垫掉在了地上，她关怀备至地看着我说：'啊，亲爱的孩子，我非常确定你最终会成为一位修女，从此离开我们。'

"'你不是在开玩笑吧，我的好母亲？'我答道，'你揭露的正是我内心深处的想法和我心中的渴望。'

"'可不是吗，'我的两位表姐不容我说完就喊出了声，'这两年奥德特就没想过别的。不过您肯定不会答应她，姑妈，您一定不会答应她的。'

"'亲爱的孩子们，我们又有什么权利拒绝呢？'我的母亲说，'倘若这是上帝的旨意。'

"我的表姐想说点俏皮话，便问我打算怎么处置我那些小东西，还快乐地吵着要把东西分掉，你要这个，我要那个的。但欢乐的气氛只持续了一小会儿，我们便开始哭泣了。然后，我们听到了父亲上楼的声音。"

修道院院长停了一会儿，然后叹了口气。

"对我父亲来说，接受这一点很难。他就我这一个女儿。通常情况下，父亲对女儿的感情要比对儿子的深。"

"有一个心爱的孩子也是种莫大的不幸。"基蒂笑着说。

"将那颗心献于对基督耶稣的爱是一种莫大的幸运。"

正说着，一个小女孩走到修道院院长跟前，兴趣盎然地让她看一个不知从哪里得来的奇形怪状的玩具。修道院院长用她那漂亮、修长的手搂着孩子的肩膀，那孩子便紧贴着她了。看到她笑得那么甜，基蒂被深深感动了，尽管她的微笑依然隔着她很远。

"看到孤儿们都这么喜欢您，真是叫人高兴，院长。"她说，

"我想如果我也能让别人这么爱我，我肯定会感到非常骄傲的。"

修道院院长的脸上再次露出那淡漠却迷人的笑容。

"赢得别人的心只有一个办法，那就是让别人觉得你值得爱。"

Chapter 61

　　那天晚上，沃尔特没有回来吃饭。基蒂等了他一会儿，因为他要是在城里耽搁了，总会想办法叫人给她捎个信儿的，不过最后她还是坐下来一个人吃了晚饭。尽管正在闹瘟疫，食物又短缺，但厨子还是本着对礼节的尊重做出许多道菜摆到她面前，并站在一旁候着，想看看菜是否合口，所以基蒂就假装把每道菜都吃了几口。晚饭过后，她慢慢地将身体躺进那条放在敞开的窗户旁的长长的藤椅里，欣赏起繁星满天的夜色。四周静悄悄的，让她觉得舒适。

　　她没有试着读读书。她的思绪在脑海表面浮动，就像倒映在平静湖面上的片片白云。她太累了，一个念头也捕捉不住，更搞不清楚事情的来龙去脉。她想知道在与修女们的数次交谈留给她的不同的印象中她到底悟出了什么。奇怪的是，尽管她们的生活方式深深打动了她，但促成这种生活方式的信仰却没有触动她。她不敢想自己随时都有可能被信仰的激情俘获。她微微叹道：“如果那道伟大的圣洁之光能照亮她的灵魂，或许一切就会变得简单起来。”有那么一两次，基蒂心生一种冲动，想把她的不幸以及不幸的根源告诉修道院院长，可她没有那个胆。她受不了这个严肃的女人将她视为放荡的女子。对修道院院长而言，她的所作所为已经算是一种莫大的罪恶了。奇怪的是，她本人却不觉得这件事有多罪恶，只是觉得有些愚蠢和丢人。

她曾经后悔自己向查理投怀送抱，为此震惊过，现在看来或许是因为她当时太糊涂了。不过那件事应该像垃圾一样从她的脑海里清出去，在它上面后悔不迭就太不值了。这就像是在派对上说错了话一样，你无须为此久久不能释怀。没错，那的确是够丢人的，但事情一过就该把它彻底忘记。想起查理考究的衣着下面那庞大的身架，宽大的下巴，以及站立时胸脯挺得直直的，好让别人看不出他有大肚腩的那副样子，基蒂便浑身直发抖。他那张红脸动不动就青筋暴起，一看就知道是个天性盲目乐观的家伙，细小的血管里流淌的都是这种气质。过去她喜欢他那浓密的眉毛，可现在回想起来，她却觉得里面有一种畜生般的令人厌恶的东西。

未来怎么办？她对未来充满了冷漠，对未来一点都不了解了。或许生孩子的时候她就难产死掉。她的妹妹多丽丝总比她壮实，可她分娩的时候也差点死掉（她的义务完成了，为人家生了一个准男爵爵位的新一代的继承者，想到母亲那满心欢喜的样子，基蒂就觉得好笑）。未来要是这么难以预料的话，或许那就意味着她永远都不会看到它了，这是命中注定的。沃尔特很可能会让他的母亲照看孩子——如果孩子能活下来的话。她太了解他了，她知道他肯定会把孩子照顾得好好的，尽管他不太确定自己是否是孩子的亲生父亲。可以肯定的是，不论在什么情况下，沃尔特的所作所为都会令人钦佩。遗憾的是，他有这么多的优秀品质，人不自私，名声又好，聪明又细心，却是那么不招人喜欢。现在她一点儿也不怕他了，只是为他感到惋惜，与此同时，又忍不住觉得他稍微有些可笑。沃尔特感情深沉，容易受伤，她想着有朝一日在这上面做做文章，想个办法出来，让他原谅她。为了带给他内心的平静，她只有尽可能地弥补过去给他造成的痛苦，如今，这个想法常常令她苦恼。遗憾的是，他几乎没有幽默感，她能看到，在将来的某一天，他们俩会为过去彼此间那般折磨对方而放声大笑。

她累了，便把台灯拿进卧室，衣服也没脱就上了床，很快便睡着了。

Chapter 62

　　不久，她被一阵很响的敲门声吵醒了。起初，因为这敲门声与她那个被唤起的梦交织在了一起，她没能把它跟现实联系起来。敲门声仍在继续，她意识到这声音一定来自于院子大门。外面很黑。她有一只钟，指针都是含磷的。她瞧了一眼，是凌晨两点半。肯定是沃尔特回来了——他回来得太晚了——男仆都没被吵醒。敲门声还在继续，而且越来越响了，在寂静的晚上听上去让人感到毛骨悚然。敲门声停止了，她听到了沉重的门闩拉开的声音。沃尔特从未这么晚回来过。可怜的家伙，他一定是累坏了！她希望他能有点时间观念，直接上床睡觉，可别再像往常那样去他那间实验室里接着忙活了。

　　声音嘈杂，有几个人进了院子。真奇怪，沃尔特晚归的时候总是尽量静悄悄的，为的就是不打扰她。两三个人飞快地上了木头台阶，进了隔壁那间屋子。基蒂有点害怕了。在内心深处，她总是害怕排外暴乱的。发生了什么事吗？她的心跳开始加速。可还没等她确认是否有暴乱，就有人穿过了屋子，敲响了她的房门。

"费恩太太。"

她听出是瓦丁顿的声音。

"嗯。什么事？"

"你能马上起来吗？我有话跟你说。"

她从床上起身，穿上了一件睡袍。她取下门闩把门打开，扫了一眼，发现瓦丁顿身上穿着一条中国式的裤子和一件茧绸外套；男仆手里拎着一盏防风灯，后面稍远的地方，站着三个穿军装的中国士兵。看到瓦丁顿脸上那惊恐的表情，她的心不由得一紧。他的头发蓬乱着，似乎整个人刚从床上爬起来一样。

"出什么事了？"她喘着气问。

"你得保持冷静。一刻也不能耽搁了。马上穿衣服，跟我走！"

"可是到底出什么事了？是城里出事了吗？"

看到那几个兵，她突然意识到，暴乱发生了，他们这是来保护她的。

"你丈夫病了。我们想让你马上过去。"

"沃尔特？"她叫道。

"你千万不要难过。我也不知道到底是怎么回事。余上校派这位军官来找我，让我马上接你去衙门。"

基蒂目不转睛地看了他一会儿，突然觉得心里一阵发冷，然后她转过身去。

"我会在两分钟内准备好。"

"我就是这么来的。我，"他说道，"我还没睡醒呢，胡乱穿上一件外套和鞋子就来了。"

基蒂没听见他说什么。她借着星光，顺手拿到什么就穿上。她的手突然变得笨拙起来，觉得过了好久才找到系衣服的小扣子。她披上了那条傍晚时经常穿的广式披肩。

"我没找到帽子。用不着戴，对吗？"

"用不着。"

男仆手里拎着灯在前面引路，他们急匆匆下了台阶，走出了院子大门。

"注意脚下，别摔倒了。"瓦丁顿说，"你最好抓着我的胳膊。"

那几个兵紧紧跟在他们后面。

"余上校派了轿子过来，就在河对岸等着。"

他们匆匆地下了山。她无法让自己恢复神智，问出那个在她的唇上剧烈抖动着的问题。她怕那个答案怕得要死。他们到了岸边，那儿有条平底船正等着他们，船头上有一盏灯。

"是霍乱吗？"她终于问道。

"恐怕是。"

她哭了一会儿，马上又收住了。

"我觉得你应该尽可能快点。"他伸出一只手，扶着她上了船。河道很短，河水几乎停止了流动。他们围成一群，站在船头上。一个女人背上背着个包裹，里面裹着一个孩子，摇着桨，划着平底船到对岸去。

"今天下午他就病了，不，应该是昨天下午。"瓦丁顿说。

"为什么没有马上派人来叫我？"

　　他们小声说着话，尽管这么做没什么意义。夜色很深，基蒂看不到她的同伴有多焦虑。

　　"余上校本想这么做的，可他不让。余上校一直跟他在一块儿呢。"

　　"不管怎样，他应该派个人来叫我。这么做真是太狠心了。"

　　"你丈夫知道你从未见过染上霍乱的人。那景象可怕极了，令人作呕。他不想叫你看见。"

　　"可他毕竟是我丈夫啊。"她抽泣着说。

　　瓦丁顿不再说话了。

　　"为什么现在我又能去了？"

　　瓦丁顿将一只手放在她的胳膊上。

　　"亲爱的，你一定要非常勇敢才行。你得做好最坏的打算。"

　　她痛苦地哀号了一声，头稍稍扭向一旁，她知道那三个中国兵正看着她。她只是瞥了他们一眼，却清楚瞧见了他们的眼白。

　　"他就要死了吗？"

　　"我只知道余上校给这位来接我的军官的口信。据我判断，他的身体已经垮了。"

　　"就一点希望也没有了吗？"

　　"我感到非常抱歉，要是咱们不能尽快到那儿的话，恐怕就见不到他最后一面了。"

　　她浑身直抖，泪水开始顺着她的脸颊淌下来。

　　"知道吗，他一直在超负荷工作，一点儿抵抗力都没有了。"

　　她愤怒地将胳膊从他的手里抽了出来。他竟用那么沮丧、痛苦的声音说话，这激怒了她。

他们到了对岸，站在岸边的中国轿夫，搀扶着她下了船。轿子已经在等着了。她上了轿子，这时瓦丁顿对她说：

"你一定要挺住。你需要竭尽全力控制自己。"

"叫轿夫们快点儿。"

"他们早就得了命令，要他们尽快赶去。"

那位军官早就在自己的轿子里了，他的轿子过去的时候，朝基蒂的轿夫喊了一声。他们很轻巧地抬起轿子，把轿杆往肩上一扛，便迈着轻快的步子出发了。瓦丁顿紧紧在后面跟着。他们小跑着上了山，每顶轿子前面都有一个拎灯的人带路。在闸门前，看门人手里正举着一支火把在那儿站着。轿子走近的时候，轿子里的军官朝他吼了一嗓子，他将门的一侧打开，让他们走了进去。他们过去的时候，看门人发出一声感叹，轿夫做了回应。在死寂的夜晚，那些用陌生的语言发出的粗哑的声音显得神秘而恐怖。他们在小巷中湿滑的石子路上向前滑行，军官的一位轿夫脚底下滑了一下。基蒂听到军官的嗓门变大了，声音里露着怒气，还听到轿夫尖声辩解了几句，然后轿子就又急匆匆朝前走了。街道狭窄而曲折，深夜里的城市俨然是一座死城。他们沿着一条狭窄的小巷急匆匆朝前走，拐过一个弯，然后跑上几级台阶，轿夫的呼吸开始变得急促。他们迈着大步一声不吭地赶路，有人掏出一块破旧的手帕，一边走一边擦额头上流进眼里的汗。他们拐来拐去，似乎正在一座迷宫中匆忙赶路。店铺都关了门，拉着百叶窗。有时会在店铺投下的暗影中看到似乎有个什么东西正躺在那儿，不知道是个此刻正在昏睡、黎明时分便起来的人，还是个永远就这样睡下去再也不会醒过来的人。狭窄的街空旷、死寂，怪异得让人害怕。突然，一条狗汪汪叫起来，一阵恐惧贯穿了基蒂那痛苦而紧张的神经。她不知道他们要去什么地方，路似乎总也没有尽头。他们就不能走得再快点儿吗？再快点儿，再快点儿吧。时间在一分一秒地流逝，任何时候都有可能会来不及。

Chapter 63

　　他们沿着一面长长的毛坯墙往前走，突然来到一扇大门前，大门两侧有岗哨。轿夫放下了轿子，瓦丁顿急急忙忙到了基蒂跟前，而基蒂早就从轿子里跳下来了。那位军官把门敲得砰砰响，还大声叫喊着。一道边门开了，他们进了院子。院子很宽敞，四四方方的。低垂的屋檐下，一群士兵正裹着毯子紧靠着墙根挤在一起。他们停住了脚步，军官跟一个当班的人说了几句话，然后转回身，对瓦丁顿说了些什么。

　　"他还活着。"瓦丁顿低声说，"注意脚底下。"

　　提灯的人仍旧在前面带路，他们跟在后面穿过院子，登上几级台阶，穿过另一道大门，又来到了另外一座宽敞的院子中。院子一侧是一间长长的厅堂，里头亮着灯。昏黄的灯光透过米纸射出来，显出了精心设计的窗格子的轮廓。提灯人领着他们穿过院子，朝这间屋子走去。到了门口，那位军官敲响了门。门立刻开了，军官回头看了一眼基蒂，身体让到一边。

"进去吧。"瓦丁顿说。

屋子又长又矮，昏暗的灯光使屋子里显得有些阴暗，透露出不详的气氛。三四个士兵站在旁边。门对面，靠墙的一张简陋的小草床上躺着个人，身上盖着毯子。一位军官一动不动地站在床脚处。

基蒂急忙走上前去，俯身面向那小床。在昏暗的灯光下，沃尔特躺在那里，双眼紧闭，面如死灰，全身上下没有一点儿生气。

"沃尔特，沃尔特。"她压低声音喘着气说，语调中充满了恐惧。

沃尔特的身体稍微动了一下，或者是在基蒂的幻觉中动了一下，是那么轻微，就像无法感觉到的气息，顷刻间却让平静的水面上起了涟漪。

"沃尔特，沃尔特，跟我说说话。"

沃尔特的眼睛慢慢睁开了，似乎用了最大的力气才将这沉重的眼皮抬起，但他没看她，而是注视着墙上距离他头部几英寸远的地方。他说话了，声音微弱，却似乎透露着一丝笑意。

"太糟了。"他说。

基蒂不敢呼吸侧耳倾听，但他却再没有发出任何声音，也没有显示出要动的意思。只是他的眼睛，他那双淡漠的黑眼睛盯着白色的墙面（看到了什么神秘的东西了吗？）。基蒂站起身，面容枯槁地对着站在那儿的那个人。

"一定还能做些什么吧！你不会一直在那儿站着，什么都不做吧！"

她握紧了拳头。瓦丁顿对站在床尾的那位军官说了几句话。

"恐怕他们尽力了。团里的医生一直在给他治呢。你丈夫培养了他，他做了你丈夫能做的一切。"

"那人就是医生吗？"

"不，那是余上校。他从未离开过你丈夫一步。"

心烦意乱的基蒂看了他一眼。这人个子偏高，长得倒很结实，穿着卡其布的军装，显得很不合身。他正看着沃尔特，基蒂看到他的眼里含着泪水，这让她心中一阵触动。为什么这个长着一张黄色的扁平脸的男人眼中会有泪水？她顿时恼怒了。

"什么都做不了，这太残忍了！"

"至少他现在感觉不到痛苦了。"瓦丁顿说。

她再次俯下身，面对着她的丈夫。那双可怕的眼睛仍旧茫然地盯着眼前。她不知道他是否能够看见东西，也不知道他是否听到了他们说的话。她将嘴唇凑近他的耳朵。

"沃尔特，我们真的什么都做不了了吗？"

她觉得他们定是喂了他一些药，借以延长他这正在逝去的生命。这会儿，她的眼更适应黑暗了，她惊恐地发现他的脸已经凹陷下去了。她简直认不出他了。简直不敢想象，再过短短的几个小时，他就会变成另外一个人。他简直没了人形，更像是一具死尸。

她觉得他正在努力说些什么，就将耳朵凑近他的嘴。

"别害怕。我经历了一个艰难的时刻，但现在已经没事了。"

基蒂等着他继续说下去，他却不作声了。他一动也不动的样子让她的心里充满了痛苦。他躺得这么安静，真叫人害怕。他似乎已经做好了进入死寂坟墓的准备。这时，有个人，好像是医生或是医生的助手，走上前来，示意她站到一旁。这人俯下身子，面对这个垂死的人，然后用一块肮脏的破布润湿了他的嘴唇。基蒂再次站起来，转过身体，绝望地看向瓦丁顿。

"就真的没有任何希望了吗？"她低声问。

他摇了摇头。

"他还能活多久？"

"不好说。也许，一个小时。"

基蒂环顾着这间空荡荡的屋子，目光从余上校那结实的身影上掠过。

"我能单独陪他一会儿吗？"她问，"就一会儿。"

"当然可以。"

瓦丁顿走到上校面前，跟他说了些什么。上校微微点了点头，然后用低沉的语调下了命令。

"我们在台阶上等着，"他们出去的时候，瓦丁顿说，"到时候你叫我们就行了。"

狂乱的思绪已经淹没了她的意识，就像毒药流淌在她的血管内。她知道沃尔特就要死了，她现在只有一个念头，那就是将毒害他灵魂的积怨拖走，从而让他死得轻松些。如果他原谅了她，就是原谅了他自己，也就可以瞑目了。这会儿，她根本不想自己了，想的都是他。

"沃尔特，我求你原谅我！"她俯下身子对他说。因为担心他承受不了任何力量，她没让自己的手去碰他。"过去我对你那么不好，我感到十分抱歉。我为自己做的错事感到十分懊悔。"

他什么也没说，好像根本没听到基蒂的话。她强迫自己说下去。奇怪的是，她觉得他的灵魂就像一只振翅而飞的蛾，翅膀里因充满了仇恨而沉重不堪。

"亲爱的。"

一丝微动掠过他那苍白、凹陷的脸，几乎察觉不到，但结果却足以叫基蒂感到一阵惊恐。她以前从未对他说过这个词。或许行将消亡的错乱意识会掠过他那困惑不解的脑子：这个词她是常用的，可是以前他只听她在叫狗儿、婴儿和小汽车时用过这个词。接着，一件可怕的事情发生了。她握紧拳头，使出全力控制自己，因为她看到有两滴眼泪慢慢流过了他那消瘦的脸颊。

"哦，亲爱的，要是你曾爱过我——我知道你爱过我，我却是那么可恨——我求你原谅我。现在我没有机会表现自己的悔恨了。可怜可怜我吧，求你原谅我！"

她停了下来，屏住呼吸看着他，深情地等待回答。她看到他想说什么，心骤然怦怦跳动起来。她觉得如果在这最后的时刻能帮他卸下那副痛苦的重担，这也算是对她给他所造成的痛苦的一种补偿。他的嘴唇动了一下，但没看她。他的眼睛茫然地注视着那面粉刷过的白色的墙。她朝他俯下身子，好能听见他说什么。他说得十分清晰。

"死的却是狗。"

她僵住了，似乎变成了一块石头。她没听懂这句话的意思，只是恐惧而茫然地注视着他。这句话没有意义，他说的是胡话。看来她说的话他一个字也没听懂。

他是那么安静，几乎和死了一样。她注视着他。他的眼睛还睁开着，但不知道是否还有气息。她开始觉得害怕了。

"沃尔特，"她低声说，"沃尔特。"

最后，她突然站了起来。她的心里突然充满了恐惧，便转身朝门口走去。

"请过来一下。他好像……"

他们闯了进来。那个中国医生走到床前。他的手里拿着一个手电筒，他把它打开，照向沃尔特的眼睛。然后，他将那双眼睛合上了。他用中国话说了些什么。瓦丁顿用胳膊搂住了基蒂。

"恐怕他已经死了。"

基蒂发出一声深深的叹息，几滴眼泪从她的眼睛里掉下来。她只觉得头晕，并没有觉得有多伤心。那些中国人围着床站着，一个个脸上显出无助的神情，似乎不知道接下来该怎么办。瓦丁顿沉默不语。过了一会儿，那些中国人便开始小声议论起来。

"你最好让我送你回平房那儿，"瓦丁顿说，"有人会把他送到那儿的。"

基蒂疲惫地擦了擦额头。她走到小草床前，俯下身体，轻轻吻了吻沃尔特的唇。现在她不哭了。

"真对不起，给你们添了这么多麻烦。"

她走出去的时候，军官们纷纷敬礼，她庄重地鞠躬回礼。他们穿过院子，上了轿子。她看到瓦丁顿点燃了一支烟。一缕青烟消失在空气中，那就像人的生命。

Chapter 64

　　黎明来了，处处都能见到中国人正在拉下他的店铺的百叶窗。借着烛光，能看到一个女人正在黑漆漆的壁龛前洗手洗脸。街角的一间茶馆里，一群男人正在吃早饭。黎明那灰色而冰冷的光在狭窄的小路上偷偷摸摸地倾斜着。河面上弥漫着苍白色的雾气，拥挤在一起的平底船的桅杆在晨雾中隐现，就像一支幽灵军队的长矛。过河的时候，天气还很冷，基蒂蜷缩在她那色彩鲜艳的披肩中。他们朝山上走去，此刻已来到了迷雾上面。天上没有云，太阳就这么肆无忌惮地散发着光芒，似乎这是很普通的一天，没有发生任何能让它跟以往任何一天区分开来的事情。

　　"你不想躺一会儿吗？"进平房后瓦丁顿说。

　　"不。我想在窗边坐坐。"

　　过去的几个星期，她已经习惯了在窗前长久地坐着。她对那座建造在巨大棱堡上的古怪、华丽、漂亮而神秘的寺庙已是这么熟悉了，它都能抚慰她的灵魂了。那寺庙是那么虚幻，甚至在正午热辣的阳光中也是如此，以至于将她的思绪从现实生活中拉走了。

"我叫男仆给你沏杯茶吧。恐怕今天上午就得把他埋葬。这事就交给我吧。"

"谢谢你。"

Chapter 65

　　三个小时以后，他们埋葬了他。让基蒂觉得惊诧的是，他只能被盛放在中国棺材里头。她觉得在一座这么奇怪的坟墓中，他肯定会休息得不踏实，可她又没有别的办法。城里头不管发生什么事，修女们都能知道，这次她们也得知了沃尔特的死讯，并派人送来一个大丽花的十字架，硬实而匀称，却像是出自某位干惯了这种事的花匠之手。十字架孤零零地放在中国棺材上，显得滑稽而又别扭。一切都准备好了，就等着余上校的到来。之前他派人送信给瓦丁顿，说希望能参加葬礼。他由一位副官陪着来了。六个苦力抬着棺材，一行人朝山上的一小块墓地走去，那里埋着一位传教士，就是沃尔特顶替的那位。瓦丁顿在这位传教士的遗物中发现了一本英文祈祷书，他用低沉的声音诵读了丧葬辞，声音中夹杂着某种窘迫，对他来说这是不常见的。或许在他诵读这些庄重却恐怖的句子时，有个想法一直萦绕在他的脑际：如果反过来是他沦为了瘟疫的牺牲品，那么此刻就没人为他读这些丧葬辞了。棺材下放到了墓穴里，掘墓人开始朝里面填土。

　　余上校一直在坟墓边上站着，下葬完毕之后才把帽子戴上。他朝基蒂庄重地鞠了一躬，又跟瓦丁顿说了一两句话，之后就由副官陪着离开了。那几个苦力好奇地看完了这场基督徒的葬礼，逗留了一会儿之后便三人一群、两人一伙儿地拖着扁担晃荡着走开了。基蒂和瓦丁顿一直等到墓穴被填上，修女们送来的大丽花十字架被放置在散发着新鲜泥土味的坟堆上才离开。在此期间，她一直没有哭，不过当第一铲泥土被扔在棺材上，发出嘎嘎响的声音时，她的心里感到一阵剧痛。

　　她看到瓦丁顿正等着她回去。

　　"你有急事吗？"她问，"这会儿我还不想回平房那儿。"

　　"我没事。我完全听你的意思。"

Chapter 66

　　他们沿着堤道慢慢朝前走，最后到了山顶上，那个给基蒂留下深刻印象的拱门，就是那位贞洁寡妇的纪念物就矗立在那儿。拱门是一种象征，至于象征的是什么，她却不知道。她说不清楚为什么在她看来它暗含着一种讽刺的意味。

　　"能坐一会儿吗？咱们好长时间都没在这儿坐过了。"广阔的平原在她的眼前展开，在晨光的照射下显得尤为安静。"我在这儿只待了几个星期，却觉得像是过了一生。"

　　他没回答。有那么一会儿，她任自己的思绪漫游，随后她叹了口气。

　　"你认为灵魂是不朽的吗？"她问。

　　她这么问，他似乎并不觉得吃惊。

　　"我怎么知道？"

　　"就在刚才，他们把沃尔特放进棺材之前为他清洗身体时，我看了他一眼。他的样子很年轻。这么年轻，是不该死的。你还记得你第一次带我出去散步时我们看到的那个乞丐吗？当时我被吓坏了，不是因为他死了，而是他的样子看上去不像个人。他只是一只死去的动物。如今再看沃尔特，他是那么像一台停止运转的机器。这才是恐怖的地方。如果他只是一台机器，那受这么多的苦，遭这么大的难，承受这么多的心痛，又都算得了什么呢。"

他没有回答，目光越过了他们脚下的景色。在这样一个阳光和煦的早晨，辽阔的平原在欢快地蔓延。眼睛能看到的地方，到处都是整齐的稻田。在很多的稻田中，农民正赶着水牛辛苦劳作。这是一幅宁静而幸福的风景画。基蒂打破了沉默。

"我简直无法用语言向你描述在修道院中见到的一切让我受到了多么深的感动。那些修女真了不起，让我觉得自己像个十足的废物。她们放弃了一切，她们的家庭，她们的祖国、爱情、孩子、自由，还有所有那些我有时候会觉得更难放弃的微不足道的东西：鲜花、绿地、秋日里的一次散步、书籍、音乐、舒适。她们放弃了一切，一切。她们这么做了，就是为了全身心地投入到一种牺牲、贫穷、顺从、令人筋疲力尽的工作和祈祷的生活中去。对这些人来说，这个世界是一个真正的流放之地。生活是一个十字架，她们甘愿背负，可在她们心中，每时每刻都有一种欲望——不，一种比欲望要强烈得多的东西，那是一种渴望，一种对能够将她们引入永生的死亡的渴望。"

基蒂紧握双手，痛苦地看着他。

"嗯？"

"万一永生不存在该怎么办？假如死亡真的是万事的终结，那将会意味着什么？她们放弃了一切，追求的却是虚空。她们被骗了。她们是傻瓜。"

瓦丁顿沉思了一会儿。

"我想知道,我想知道她们追求的是幻影这件事是否重要。她们的生活是美好的。我觉得唯一有可能让我们不带着厌恶感去看待我们生活的这个世界的办法,就是人类不时从混乱中创造的美。人类创作的画作、谱写的音乐、写作的书籍和人们的生活,在所有这些东西当中,最美的就是美好的生活。那是一件完美的杰作。"

基蒂叹了口气。他说的貌似深奥难懂。她想听他多说说。

"你听过交响音乐会吗?"他接着说。

"听过。"她微笑着说,"我对音乐一无所知,却很喜欢。"

"管弦乐队的每位乐手各自演奏自己的小乐器,你以为每个人都对那些摆出一副冷漠的姿态——展开的复杂的和声有了解吗?他只需关心自己那部分就行了。然而他知道整部交响乐是美妙的,尽管没人能听到他演奏的那部分,可它仍旧是美妙的,所以他们可以安心地演奏自己那部分。"

"那天你说到了'道'。"基蒂停顿了一会儿,说,"跟我说说是怎么回事。"

瓦丁顿瞧了她一眼,迟疑了一会儿,而后他那张滑稽的脸上浮现出一丝笑容。他说道:

"'道'就是路,和行路的人。世间万物遵循永恒之道,但万物并不是'道'的创造者,'道'本身就是万物。'道'是一切,又什么都不是。万物因'道'而生,万物循'道',万物最终归于'道'。大音希声,大象无形。'道'广阔如大海,天网恢恢,疏而不漏。'道'是万物的庇护所。'道'存在于无形,无须朝窗外看就能看到它。它教导人们无欲无求，顺其自然。谦虚的人会得以保全，正所谓能屈能伸。失败是成功的基础，成功之中潜伏着失败。谁又能知道拐点什么时候来？追求温顺之人会温顺如孩童。平和让攻者获胜，让守者安身。战胜自己的人乃是伟大之人。"

"'道'有意义吗？"

"有时候，当我喝下六杯威士忌，抬头仰望星辰时，我就觉得它也许有意义吧。"

沉默降临到两人身上，当沉默被打破时，打破沉默的人又是基蒂。

"告诉我，'死的却是狗'是一句引语吗？"

瓦丁顿的嘴唇显露出一丝微笑的轮廓，他早就准备好答复她了。然而，或许在那一刻，他的感觉似乎异乎寻常的敏感。基蒂没有看他，但她的表情中有某种东西却让他改变了主意。

"要是我不知道呢？"他小心翼翼地说，"怎么了？"

"没什么。我刚好想起这事，这话好像在哪儿听过。"

又是一阵沉默。

"你跟你丈夫单独在一起时，"瓦丁顿马上说，"我跟那位军医说了会儿话。我觉得咱们应该多说说这事。"

"呃？"

"当时他陷入了一种完全歇斯底里的状态，我真没太弄明白他说的是什么意思。我只知道你丈夫在做实验的过程中受了感染。"

"他一直在做实验。其实他不算个医生，他是个细菌学家。他心急火燎地要到这里来，就是因为这个。"

"可我从医生的话中没太弄明白的是，他到底是不慎受了感染还是他一直在拿自己做实验。"

基蒂的脸色变得十分苍白。这个设想让她浑身发抖。瓦丁顿立刻攥住了她的手。

"请原谅我旧事重提。"他温柔地说，"不过我觉得你或许能从中得到一些安慰——我知道在这种场合说这种一点用也没有的话是多么难以开口——沃尔特是科学和本职工作的殉难者，我觉得这件事对你来说或许有些意义。"

基蒂略微有些不耐烦地耸了耸肩。

"沃尔特是因为心碎死的。"她说。

瓦丁顿没说话。她慢慢转过脸，看着他。她的脸色苍白，神情却很坚定。

"他说'死的却是狗'是什么意思？这句话是什么意思？"

"那是哥尔德斯密斯的诗——《挽歌》[1]中的最后一句。"

---

[1]《挽歌》，即《疯狗挽歌》（An Elegy on The Death of A Mad Dog），英国作家奥利弗·哥尔德斯密斯（约1730—1774）创作的一首短诗。全诗共8小节，每节4行，讲述的是一位信教的好人和一条疯狗的故事：好人原本和狗是朋友，一天狗疯了，咬了好人。邻居们都说好人活不了了，却没承想，好人后来康复了，那条疯狗却死了。

Chapter 67

第二天早晨，基蒂去了修道院，为她开门的女孩见到她时，似乎显得颇为吃惊。基蒂忙了一会儿，修道院院长进来了。她走到基蒂跟前，拉过她的手。

"很高兴见到你，亲爱的孩子。刚刚经历了这么大的伤痛，你就又回来了。你表现出了莫大的勇气和智慧，因为我确信做一点事能避免你去胡思乱想。"

基蒂的眼睛有些红了，她低下了头。她不想让修道院院长窥视她的内心。

"用不着告诉你，我们这儿的所有人都对你致以深切的同情。"

"感谢你们。"基蒂低声说。

"我们一直在为你祈祷，还有你所失去的他的灵魂。"

基蒂没说什么。修道院院长把手拿开，然后用沉稳、权威的口气给她下达了几项任务。她拍了拍两三个小孩子的头，向他们投去她那淡漠又动人的笑容，就去忙自己更为紧迫的事去了。

Chapter 68

一周过去了。一天，基蒂正在缝纫。修道院院长进了屋子，挨着她坐了下来。她用内行的眼光瞧了瞧基蒂手里的活儿。

"你缝得真好，亲爱的。现如今在像你这样年轻的女士中，会缝纫的可真不多见了。"

"这要归功于我的母亲。"

"我确信你母亲再次见到你时会非常高兴的。"

基蒂将头抬了起来。修道院院长的语气中有某种东西让她觉得这可不是一般的客套话。她继续说：

"你亲爱的丈夫去世后，我叫你来这儿，是因为我觉得干点活儿能叫你分心。我觉得当时以你的情况不宜长途跋涉只身去香港，我也不想让你一个人在房子里坐着，老想你丈夫的事。现如今八天过去了，我觉得你该走了。"

"我不想走，院长。我想留在这儿。"

"你没必要留在这儿了。当初你是跟你丈夫一块儿到这儿来的。现如今你丈夫去世了，你需要特别的照顾，再留在这儿是不可能了。为了人类的福祉，你尽全力做了你能做的一切。这是上帝委托给你的事，亲爱的孩子。"

基蒂一时间沉默了。她看着地上。

"我觉得我还有些用处。一想到自己还有些用处，我就感到莫大的欣慰。我希望您能让我继续待在这里，一直等到瘟疫过去。"

"我们都很感激你为我们所做的一切。"院长微笑着说，"可现在疫情正在减弱，到这里来的风险已经没那么大了，所以我有两个姐妹也要从广州赶过来了。用不了多久她们就能来，她们一到，我就想不出还能叫你做些什么事了。"

基蒂的心沉了下去。修道院院长的语气表明事情没有回旋的余地了，她心里很清楚，再怎么祈求，她也不会动心。她觉得有必要跟基蒂讲讲道理，这让她的语气中透露出了一种……不容分说的专横气势，让人觉得如果再跟她辩解她就必将发作似的。

"瓦丁顿先生曾就此事征求了我的意见。"

"我觉得他还是管好自己的事吧。"基蒂打断了她的话。

"就算他没这么做，我还是觉得有义务征求他的意见。"修道院院长温和地说，"此时此刻，你不该再在这里待下去了，你应该回你母亲那儿。瓦丁顿先生已经跟余上校商量好了，会派一队身强力壮的士兵护送你，一路上确保你的绝对安全。另外，轿夫和苦工他也安排了。女佣跟你一块儿走，路上每过一座城市，都有人为你打点。说实在的，只要能叫你舒适，能做的都做了。"

基蒂绷紧了嘴唇。这可是她自己的事啊，他们最起码应该找她商量商量的。她不想尖厉地做出回应，因而不得不调整了一下自己的情绪。

"什么时候动身？"

修道院院长的口气仍是那么温和。

"你越早返回香港再飘洋过海到英国就越好，亲爱的孩子。我们觉得你最好后天一早就出发。"

"这么快啊。"

基蒂有点想哭。可这已是板上钉钉的事儿，这里没她的位置了。

"你们好像都巴不得赶我走。"她说出了内心的真实想法。

基蒂感觉到院长的神态放松了。她看出基蒂准备妥协，无意识中便采用了更为温和的语气。基蒂那敏感的洞察幽默的能力发挥了作用，心中暗想即便是圣徒也难免有喜怒形于色的时候。她眨了眨眼睛。

"你可别认为我不感激你那份好心，还有你那颗不愿放弃自愿承担的任务的令人钦佩的善心，亲爱的孩子。"

基蒂直视前方，微微耸了耸肩。她知道自己是不具备这些被夸赞的美德的。她想留下，因为她没别的地方可去。她觉得奇怪，这个世界上竟然没人在乎她的死活。

"我不明白你为什么不想回家。"修道院院长继续用温和的语气说，"这个国家有很多的外国人巴不得得到你的机会呢！"

"可你们并不是这样的，对吗，院长？"

"呃，我们不一样，亲爱的孩子。我们到这儿的那一刻就知道永远离开我们的家了。"

受伤的基蒂心里涌出一种渴望，或许是带着恶意的，她想看看修女们那副信仰的盔甲的连接处，是什么让她们对所有人类的感情变得如此冷漠。她想看看院长身上是否还残留着一些人性的弱点。

"我觉得有时候很难接受再也见不到亲人和成长中的那些场景了这个事实。"

修道院院长犹豫了一下，但直盯着她的基蒂却没在她那张漂亮而严肃的脸上看到任何变化。

"我母亲现在老了，对她来说艰难了些，因为她就我这么一个女儿。她在死之前一定很希望再见我一次。我想给她那种快乐，但我无能为力。我们只能在天堂见啦！"

"可不管怎么说，当一个人想起深爱着他的亲人时，很难不去扪心自问当初与亲人分开时自己做的是不是对的。"

"你是在问我是否后悔过自己当初迈出的那一步吗？"修道院院长的脸突然散发出亮光，"从没，从没后悔过。我将一种没有意义的生活跟一种牺牲与祈祷的生活做了交换。"

一阵短暂的沉默之后，修道院院长的神态变得比刚才轻松了，对着基蒂露出了微笑。

"我想请你帮我捎个小包裹，等你到了马赛就帮我邮寄出去。我不想把它交给中国的邮局。我这就去取。"

"明天给我也行。"基蒂说。

"明天你就太忙了，来不了这儿了，亲爱的。今天晚上就跟我们道别，你会方便得多。"

她站起身，浑身散发着那种宽松的修女服无法掩盖的自然的端庄，出了屋子。片刻之后，修女圣约瑟夫进来了。她是来道别的。她希望基蒂旅途愉快，并劝她不要担心路上的安全，因为余上校派了一队身强力壮的士兵护送她；修女们常常独来独往，也没出过什么事。她还问她喜欢大海吗。天啊，那次她在印度洋上遇到了暴风雨，晕船晕得真厉害。她还说基蒂的母亲见到自己的女儿回去肯定会非常高兴的。她还请基蒂一定要照顾好自己，毕竟还有另外一个小灵魂需要她照顾。她会时常为她、那个亲爱的婴儿、还有那位可怜而勇敢的医生的灵魂祈祷。她健谈、友好、热情，可基蒂却深深感到，对于修女圣约瑟夫（她一直注视着永恒）来说，她只是一个脱离了血肉之躯的灵魂罢了。她真想一把抓住这个胖壮却又善良的修女的肩膀使劲儿摇她，哭着告诉她：你难道不知道我是个人吗？我不快乐，我孤独，需要安慰、同情和鼓励。呃，你难道就不能背离上帝一会儿，给我一点同情吗？给我一点人对人的那种同情，而不是基督徒对受苦的万物的那种同情？想到这儿，基蒂的嘴唇上浮现出一丝笑意，要是她真这么问她，她会有多吃惊！现在她还只是怀疑，那时候她心中的疑虑肯定会打消的，她会确信英国人都是疯子。

"幸好我是个相当不错的乘船者[1]，"基蒂答道，"我还没晕过船。"

修道院院长拿着一个整洁的小包裹回来了。

"里头是些手帕，都是我为我母亲的纪念日[2]做的。"她说，"名字的首字母是我们这儿的年轻姑娘们绣上去的。"

修女圣约瑟夫向基蒂提议说要看看这些手帕的做工有多漂亮，

---

[1] 尤指以是否晕船为衡量标准的乘客。

[2] 与本人同名的圣徒纪念日。

修道院院长脸上带着略有不甘和宽容的笑将包裹打开了。手帕是用上等细麻做的，大写字母是用复杂的拼合文字绣成的，由一个草莓叶编就的花冠围着。基蒂正儿八经地对手工赞赏了一番，之后手帕就被重新包起来，交到了她手上。修女圣约瑟夫说了句"我的女士，我不得不离开你了"，又重复了一遍她那句礼貌却淡漠的问候语，就出去了。基蒂意识到该跟院长说再见了。她谢过她的好意，然后两人一起走上了那条空空荡荡的白色走廊。

"你到了马赛就把这包裹挂号邮寄出去，这么说是不是对你要求太多了？"修道院院长问。

"我乐意效劳。"基蒂说。

她瞄了一眼收件人的姓名和地址，那名字似乎很显赫，但吸引她注意的却是地址。

"这是我参观过的几座法国城堡中的一座。当时我正跟朋友在法国开车兜风。"

"很有可能。"修道院院长说，"一周中有两天游客可以去那儿参观。"

"我觉得要是我在这么漂亮的一个地方生活过，就永远都不会再有离开它的勇气了。"

"当然了，那是一座历史遗迹，但对我来说却少有亲切感。要是我有什么遗憾的事，也不是这个，而是小时候我住过的那座小城堡，那城堡在比利牛斯山脉[1]之中。我是听着大海的声音出生的。我不否认有时候我还想听到海浪拍打岩石时发出的声音。"

---

[1] 比利牛斯山脉，欧洲西南部最大山脉，法国和西班牙的天然国界。

基蒂觉得修道院院长早就知道了她心里是怎么想的，她这么说是故意取笑她。但这时候她们已经到了修道院那道简朴的小门前。修道院院长出人意料地把基蒂搂在怀中亲吻了她。她那苍白的嘴唇触碰在基蒂的脸颊上，先吻这一边，接着又是那一边，这着实出乎基蒂的意料。她的脸不由得羞红了，还想哭。

"再见了，上帝会保佑你的，亲爱的孩子。"她把她搂了一会儿，"记住，分内之事、举手之劳是理所应当的，这本来就是你的责任，这跟手脏了就要洗一样，没什么值得夸耀的。唯一有价值的是对责任的爱，当爱和责任合二为一时，上帝的恩典便在你心中了，你就能享受到一种无法言说的幸福。"

修道院的门最后一次在她身后关上了。

Chapter 69

瓦丁顿陪着基蒂上了山，他们转过脸去朝着沃尔特的墓地望了一会儿。在那道纪念性的拱门前，他跟她告别了。最后一次看那拱门时，她觉得她能对它的外表透露出的那谜一般的讽刺意味做出回答了，同样，她也能对她自己的外表中所透露出的那种讽刺意味做出回答了。她上了轿子。

日子一天天过去了。沿途的风景成了她思考的背景。她觉得现在眼中看到的与记忆中的风景重合到一起，就像在立体照相机中一样，只是稍添了些不同的意味。就在几周前，她也曾沿着这条路行进，只不过方向刚好相反。苦力们背着东西散乱地走着，三个一群，两个一伙，其后一百码，落下一个，再后面又落下两三个。那些负责护卫的兵士拖着步子慢慢行进，样子很笨拙，一天走上五至二十英里。女佣被两个轿夫抬着，基蒂被四个轿夫抬着，不是因为她更重，而是出于面子考虑。他们时不时碰到一队队背负着沉重货物的苦力慢悠悠地走过，有时会遇到个坐车的中国军官，会用好奇的目光瞥一眼这位白人女士。此刻他们碰上了几个身着褪色蓝布衣服、头顶大帽子，准备到市场上去的农民。忽而又出现一个女人，看不出是年轻还是年老，裹着脚，正一摇一晃地朝前走。他们上上下下，走过一座座绵延着整齐稻田的小山，还有蛰居在竹林中的农舍。他们穿过粗陋的乡村，穿过弥撒书中那样的被墙围起来的人口稠密的城镇。初秋的阳光是令人愉快的。黎明时分，当微光将神话故事的魅力借与整齐的田地时，给人一种恍如仙境之感。天气还是冷的，再过一会儿，等气温上来时，温暖的空气就让人觉得舒适了。沐浴着温暖的晨光，基蒂的心中有了一种被赐福的感觉，她尽情享受着。

眼前鲜活的景色，色彩典雅，各具特色，简直出乎人的意料，并充满了异国情调，就像一幕挂毯，展示着基蒂脑子里浮现出的幻影。记忆中的一切似乎都不真实了。湄潭府连同它那带有雉堞的城墙，就像一出古老的戏剧中放置在台上的一幅幅画布，代表的是一座城市。修女，瓦丁顿，还有那个爱他的满洲女人，都是假面剧中的虚构人物。剩下的那些，那些滑行在弯弯曲曲的街上的人，还有那些已死的人，都是无名的配角。当然了，这出剧，还有他们，都有着某种意义，可这意义又是什么？他们就像是表演了一支古老的仪式性的舞蹈，舞蹈是精心设计过的，你明白在这些复杂的舞步中有着某种意义，并且对你来说认识这种意义是必要的，可你就是看不出门道。

让基蒂觉得不可思议的是（一位老妇人正沿着堤道朝前走，她身穿蓝色衣服，在阳光的照射下，这种蓝就像是天青石。她的脸上有着数不清的小皱纹，就像一张古老的乳白色的面具。她弯着腰，挂着一根长长的黑色拐杖，挪动着小脚），她和沃尔特竟然也参演了那部奇怪而虚幻的舞蹈剧，并且他们扮演的还是重要的角色。她可能很轻易就会丧命，他的命不就已经丧掉了。这是个玩笑吗？或许这只是个梦，她应该立刻惊醒，然后发出一声如释重负的叹息。这件事似乎发生在很久以前，而且是在一个遥远的地方。在真实生活的阳光明媚的背景的衬托下，那部剧中的人竟显得那么虚幻。如今，基蒂觉得这部剧就像是她正在读的一个故事，故事本身有点让人吃惊，却似乎跟她没什么关系。她已经发现自己记不清瓦丁顿那张曾经如此熟悉的脸了。

　　这天傍晚他们就能到达西河边上的那座城市了，她将在那里搭乘轮船。上船以后，再过短短一个晚上就能到香港了。

Chapter 70

沃尔特死的时候她没哭，起初她还觉得心中有愧。她好像太无情无义了。呃，那位中国军官，就是姓余的那位上校，都哭湿了眼睛。丈夫的死叫她惊呆了。她很难接受从此后他再也不会到平房那儿去了，她再也不会听到他早晨起床后在苏州浴缸里洗澡的声响了。过去他活生生的，现在却死了。修女们搞不懂她为何放弃基督教的信仰，另一面也为她承受了这么大的损失却表现出的莫大勇气赞叹不已。但瓦丁顿生性狡猾，尽管他表现出了凝重的同情心，她却觉得——怎么说呢？——他在演戏。当然了，沃尔特的死对她是个打击。她不想让他死。可话说回来，她根本不爱他，从来就没有爱过他。表现出悲伤的样子是合体的，而谁要是看穿了她的心思，则免不了骂她无情无义、卑鄙丑陋。可她已然经历了这么多事，不需要再伪装了。她觉得这件事，至少是过去的这几周，让她明白了一个道理：倘若有时候对别人撒谎尚属情有可原，那么对自己撒谎就是可鄙的。沃尔特死得很惨，她觉得很伤心，但她这种伤心纯属人之常情，但凡死的是她认识的某个人，她都会这样的。她承认沃尔特身上有着让人钦佩的品质，可她就是不爱他，他总让她感到厌烦。她不愿承认他的死对她而言是个解脱，坦白说，她愿意让沃尔特复活，可她并不否认他的死在某种程度上让她的路变得稍微好走了些。就算在一起，以后他们也不会快乐，然而分开又是这么难。她为自己有这样的感觉而吃惊，要是人们知道她这么想，肯定会认为她既狠心又冷酷。可他们并不知道。她怀疑人人内心深处都藏着可耻的秘密，随时提防着不让人家那好奇的目光瞥见。

　　她看不到未来是什么样，心里也没什么打算。她只知道她想尽可能短地留在香港。她盼着到那儿，心里却充满恐惧。她情愿永远坐着那条藤椅在那个迷人的国家周游下去，永远对生活中出现的变幻无常的情景保持冷漠态度，在不同的屋檐下度过每个晚上。不过，当然了，渐近的未来是必须要面对的。等到了香港，她就去旅馆，然后想办法把房子处理掉，再把家具卖了，而见汤森是没有必要了。他这个人爱面子，是不会挡她的路的。尽管如此，她还是想见他一面，告诉他他在她心中是一个多么卑鄙的东西。

　　可查尔斯·汤森又算个什么？

　　就像竖琴奏出的某段柔和的旋律，欢快的琴音响彻了某部交响乐的复杂的和声，有个想法一直在她的心头荡漾。正是这个想法让那些稻田拥有了一种异国情调的美；正是这个想法让她看到那位面孔光洁、姿态中透露着狂喜、眼神中透露着鲁莽的小伙子摇晃着打她身旁经过，朝集市上走去时，苍白的嘴唇上露出了一抹微笑；正是这个想法让她经过的那些城市的纷乱的生活拥有了一种魅力。那座遭灾的城市是一座监狱，她从里面逃出来了。以前她未注意到天空竟能蓝得这么好看，优雅地倾倚在堤道上的竹林中竟藏着这么多的快乐！这个想法在她的心里欢快地歌唱，甚至于连未来都变得模糊了；这个想法光辉灿烂，就像晨光照射下的河面上的雾气。自由！不仅是挣脱了烦恼的桎梏的自由，还是让她挣脱备感压抑的友谊桎梏的自由。自由！不仅是挣脱了死亡威胁的自由，还是让她摆脱丧失了尊严的爱情桎梏的自由。那是挣脱了所有灵魂上的牵绊的自由，是脱离了肉体束缚的灵魂上的自由。有了自由，她也就有了无所畏惧地从容面对未来的勇气。

Chapter 71

　　船进了香港码头，抛锚停下了，此前一直在甲板上欣赏五彩缤纷、生气勃勃、欢快活泼的河上运输的基蒂走进船舱察看，好确定女仆没落下任何东西。她照了一下镜子。她穿着黑衣，这是修女们专门为她染黑的，权当丧服穿。首先划过她脑子里的想法就是她得注意这个，因为丧服可以很好地掩饰她那复杂难料的情绪。有人敲了敲她舱室的门，女仆过去开了门。

　　"费恩太太。"

　　基蒂一扭头，看到了一张乍一看没能认出的脸。接着，她的心突然怦怦跳起来，脸也跟着红起来。是多萝西·汤森！基蒂根本没想到会是她，所以不知道该怎么做，也不知道该说些什么。汤森太太进了船舱，张开手臂，将基蒂搂在了怀里。

　　"哦，亲爱的，亲爱的，我为你感到非常难过。"

　　基蒂任由她吻了自己。她有点吃惊，以前她总以为她是个冷漠、拒人于千里之外的女人，却没想到她的感情也有这么洋溢的时候。

"谢谢你。"基蒂喃喃道。

"到甲板上去吧。女佣会照看好你的东西的，我的男仆也来了。"

她拉过基蒂的手。基蒂让她领着，她发现她那和善、饱经风霜的脸上竟透露着一丝关切的神情。

"你的船来早了，我差点就错过了！"汤森太太说，"我很想你，要是错过了，我可受不了。"

"你是特意来接我的？"基蒂惊呼道。

"当然是来接你的啊。"

"可你怎么知道我回来？"

"瓦丁顿先生发了封电报给我。"

基蒂把头扭向一旁，她有种如鲠在喉的感觉。真好笑，这么一小点预想不到的好心就能叫她感动得不行。她不想哭，她只希望多萝西·汤森走开，但多萝西一直抓着基蒂这一侧的手，握得紧紧的。这个颇有心计的女人竟是这么易动感情，这叫基蒂有些困窘。

"我希望你能答应我一个请求。你在香港这段时间，我和查理想让你跟我们一起住。"

基蒂挣脱了她的手。

"太感谢你们了，但我很可能不会这么做。"

"可你必须这么做。你不能孤零零地回到你的房子，然后一个人在里面住。对你来说，这么做太可怕了。客房早就给你准备好了。如果你不介意跟我们一起吃饭，一日三餐都可以在那儿解决。我们俩都盼着你来。"

"我没打算回家。我准备在香港旅馆租间房子。我决不能这么麻烦你们。"

这个提议让她颇为吃惊。她感到既困惑又恼火。要是查理还懂点儿人事儿的话，是不会叫他的妻子发出这个邀请的。他们俩，她谁都不想亏欠。

"呃，可我接受不了你在旅馆里住。况且现在的香港旅馆也会不招你待见，到处都是人，乐队一直在那儿演奏爵士乐。求你了，说你愿意跟我一起住吧。我向你保证，我和查理都不会打扰你的。"

"我不知道你们为什么对我这么好。"基蒂有点找不到借口，她不能让自己说出一个唐突、确定的"不"字。"恐怕此时此刻我还不是一个很容易跟陌生人相处的人。"

"可我们是陌生人吗？哦，我可不想让你这么想，我想让你允许我成为你的朋友。"多萝西抓着她的手，她的声音，她那平稳、沉着、惹人注目的声音中带着哭腔，颤抖着。"我非常想让你来。知道吗，我想补偿你。"

基蒂听不懂了，她不知道查理的妻子会欠她什么。

"老实说，刚一开始我不太喜欢你。我觉得你太放荡了。我是个保守的人，我觉得我不能容忍。"

基蒂瞟了她一眼。这么说她当初以为基蒂是个很放荡的女人喽。基蒂没让自己心里的想法露在脸上，而是哈哈大笑起来。她现在竟然还这么在乎人家对她的看法！

"当我听说你和你丈夫一刻也没有犹豫便身赴鬼门关时，我就像个被吓呆的小市民。我觉得羞愧难当。你一直都是这么了不起，这么勇敢，跟你一比，我们这些人都成了小人，胆小鬼。"说着，眼泪就顺着她那张友善、端庄的脸往下淌。"我对你的钦佩和尊敬无以言表。我知道，无论我做什么都无法弥补你的巨大损失，可我仍想让你知道我对你的感情有多深，有多真诚。如果你能允许我为你做一丁点儿的事，对我而言就是一种莫大的荣幸了。不要因为我曾错看过你就忌恨我。你是勇士，而我只是一个愚蠢而可笑的女人。"

基蒂朝下看着甲板，她的脸色十分苍白。她希望多萝西别把感情表现得这样一发不可收拾。她被打动了，的确被打动了，可还是不由得有点儿不耐烦：她这个单纯的人竟会轻信这些鬼话。

"如果你是真心实意地邀请我，那我就恭敬不如从命了。"她叹息道。

Chapter 72

　　汤森家的房子在山顶上，视野宽阔，可以瞭望大海。查理没有回家吃午饭的习惯，但基蒂到的那天，多萝西跟她说要是她想见他，他是很愿意回来欢迎她的到来的。基蒂想，既然迟早都要见，还不如马上见的好，她还兴味十足地盼着见他那一脸窘迫的样子呢。她心里很清楚，邀她来他们家是他妻子一时的怪想法所致，尽管他自己觉得不那么舒服，可还是爽快答应了。基蒂知道他凡事力求做到得体的欲望有多强烈，而彬彬有礼地款待她一番，很显然是一件非常得体的事。可他几乎不能不无脸红地记得最后一次他俩在一起的情景。对汤森这种自高自大、爱慕虚荣的男人来说，这件事肯定会像无法治愈的溃疡一样搞得他又气又恼。她希望她也能像他伤害她那样伤害他。他现在肯定非常恨她。她不恨他，只是鄙视他，这种感觉让她感到欣慰。一想到不论他心里是什么滋味，都得强作欢颜对她大献殷勤，她的心里就涌上来一种嘲弄性的满足感。在她离开他办公室的那天下午，他肯定全心希望这辈子再也不要见到她了。

这会儿，她跟多萝西正坐着等查理回来。客厅装修得华而不奢，这让基蒂感觉心情愉悦。她坐在扶手椅中，周围摆放着漂亮的鲜花，墙上挂着令人赏心悦目的油画。屋里拉着百叶窗，很凉快，让人觉得友好而温馨。她想起了那位传教士小平房的光秃四壁、空荡荡的客厅，还想起了藤椅、铺着棉布的餐桌、摆满了廉价版小说的脏兮兮的书架，以及那块瞧上去布满灰尘的小红窗帘，身体不禁微微颤了一下。呃，那里是多不舒适啊！她觉得多萝西肯定不能想见那是怎样的一幕情景。

她们听到一辆汽车驶到，然后就见查理大步进了屋子。

"我来晚了吗？希望没让你们久等。我得见总督，走不开。"

他走到基蒂跟前，拉过她的两只手。

"你来了，我感到非常，非常高兴。我知道多萝西已经跟你说了。你愿意在这儿住多久就住多久。我们想让你把我们家当作你自己的家。不过，我还是要把这话说一遍。如果我能为你做点什么，对我来说将是一种莫大的荣幸。"他的眼睛透露着真诚，显得很有魅力。她不知道他是否看到了她眼中的嘲讽。"我不想说蠢话，也不想让自己看上去像个笨拙的傻瓜，可我还是想让你知道，在你丈夫去世这件事上，我对你的同情有多深。他是个极好的小伙子，这儿的人们怀念他的程度将会无以言表。"

"快别说了，查理！"他的妻子说，"我确定基蒂明白……把鸡尾酒端上来。"

依照居住在中国的洋人们的奢华习惯，两位身穿制服的男仆端着开胃菜和鸡尾酒进了屋子。不过基蒂没有喝。

"呃，你必须得喝一杯，"汤森坚持道，态度还是那么轻松、热情，"这对你有好处。我敢说，离开香港以后你就没喝过鸡尾酒这种东西。我猜在湄潭府根本弄不到冰，除非我错得太离谱了。"

"你没猜错。"基蒂说。

有那么一会儿，基蒂的脑海里浮现出了一个画面，是那个穿着破旧的蓝衣服的乞丐，透过衣服上的洞，能够看到他那皮包骨头的四肢，他就那么靠在墙根下，死去多时了。

Chapter 73

　　他们走进餐厅吃午饭。查理坐在餐桌的上位，很容易掌控闲聊的进程。说了几句安慰的话后，他聊起了别的。他对待基蒂的样子，不像是后者刚刚经历了莫大的伤痛，而像是她刚刚动完阑尾炎手术从上海到这里来换换环境。她需要鼓励，他早就准备好了鼓励她。让她觉得像待在自己家里的最好办法，就是把她视作家庭中的一员。他是个老于世故的人。他开始谈论秋季的赛马会，还有马球——我的天啊，他还谈到了如果不能让体重减下来，就只能放弃马球运动——又谈到了那天上午他跟总督的一次谈话。他谈到了他们在舰队司令的大舰船上参加派对的情景，广州现在的局势以及闾山[1]的高尔夫球场。不出几分钟，基蒂便觉得自己好像只是周末出了趟门儿。简直无法想象，就在那里，六百英里（伦敦到爱丁堡的距离，对不对？）之外的乡下，男人、女人和孩子正在像苍蝇一样

---

[1] 闾山，位于辽宁锦州，东北三大名山之一。

死去。又过了一会儿，她便发现自己在问这问那了：是谁在马球比赛中摔断了锁骨啊？某某太太是否回家了？某某先生是否还在打网球锦标赛？查理不时说个小玩笑，她都微笑回应。多萝西脸上带着那种轻微的优越感（基蒂的脸上现在也是这种表情，因此她便一点儿都不觉得多萝西讨厌了，这种东西转而变成了一种连接共同之处的纽带），对殖民地的各色人物小小讽刺了一番。基蒂开始觉得自己的活力又回来了。

"哦，她瞧上去已经好多了！"查理对他的妻子说，"午饭前她的脸色那么苍白，都把我吓了一大跳，可现在她的脸颊上已经红润多了。"

说话的时候，基蒂的心里就算算不上快活（因为她觉得多萝西和有着令人钦佩的礼仪感的查理都不认可她这样），至少也是高兴的，但她还是在留心观察着她的主人。过去的这几个星期，她一直对他怀恨在心，脑子里早就建立起来了一副对他的鲜明印象。他那浓密的鬈发有点儿长了，梳理得油光可鉴；为了掩盖头发正在变灰白的事实，特意在上面涂了很多的油脂。他的脸太红了，面颊上布满了紫红色的网状血管。他的下颌也太宽大了。如果不是他特意昂起头加以掩饰，就会暴露出他其实是双下巴。还有，他那浓密的灰眉毛，几乎让人联想到了大猩猩，这让她觉得有些反感。他的动作有些笨重，所有饮食上的注意和所有的锻炼都没能阻止他发胖。他的骨头上堆积了太多的肉，关节也像典型的中年人一样僵硬了。他那时髦的衣服对他来说有点儿紧了，并且有点儿过于年轻了。

可是午饭前当他走进客厅时，基蒂却着实吃了一惊（或许这就是她的脸色变得如此苍白的原因），因为她发现她的想象力跟她开了一个奇怪的玩笑。他跟她想象中的样子一点儿都不一样，这让她忍不住自嘲。他的头发一点儿都不灰白，呃，头顶上确有几根白发，却是正在变白的。他的脸不红，只是被太阳晒得黝黑。他的头很端正地摆放在了脖子上。他既不肥胖又不老迈：其实，他的身材几乎可以算得上是修长的，令人羡慕的——你总不能因为他对此有几分得意就责备他吧——他简直就是个小伙子嘛。当然了，他不懂得如何穿衣打扮。但否认下面这一点是不合情理的：他瞧上去干净而整洁。他就是个大帅哥。幸好她知道他有多卑劣。她的确一直都承认他的声音很有魅力，他的声音跟她记忆中的一模一样，但那只会让他说的每个字中所透露出的不真诚变得更加惹人厌烦。他那醇厚而温暖的声音中透露着虚伪，此刻正在她的耳边响着，她真想不明白当初怎么会上它的当。他的眼睛是漂亮的，他的魅力就在于此。它们闪着温柔的蓝色的光，甚至在他说废话的时候，眼神中透露出的神情也是那么叫人愉快。不被它们打动几乎是不可能的。

最后，咖啡被端上来了。查理点燃一支方头雪茄烟。他瞧了一眼手表，然后从桌子旁站了起来。

"哎呀，我就不打扰你们这两位年轻的女士了。我得回办公室了。"他停了一下，然后用友好而迷人的目光看着基蒂说："过一两天，等你休息好了，我再来打扰你，到时候我有点事跟你说。"

"跟我？"

"知道吗，咱们必须把你那栋房子处理掉，还有那些家具。"

"哦，可我会去找律师的。在这件事上我没有理由再麻烦你们了。"

"你可千万不要以为我会叫你在律师费用上浪费钱。我会照管好一切的。知道吗，你有权获得一笔津贴，我会跟总督大人说这事，再看看能否通过申请的形式为你在合适的居住区找栋房子。你就把你自己交给我吧。此时此刻你什么事也别担心。现在我们想让你做的就是恢复健康。是不是这样，多萝西？"

"当然了。"

他冲基蒂微微一点头，然后走到他妻子坐的椅子旁，拉过她的手吻了一下。大多数的英国男人在吻女士的手时都显得有点儿蠢，可他这么做的时候却表现出了一种优雅的从容。

Chapter 74

　　基蒂在汤森夫妇家真正住下以后才发现自己累了。生活的舒适和不曾有过的礼遇缓解了她一直以来生活的极度紧张。她没承想放松是这么让人快乐，被漂亮的东西包围着内心是这么安静，得到别人的注意是这么让人心满意足。她如释重负地叹了口气，身体朝后仰着，沉浸在肤浅的浮华中。既没有张扬，又体现了良好的教养，就成了别人同情和关注的对象，这种感觉想来倒也不坏。她新近经历了丧亲之痛，别人不盛情款待她是不可能的，殖民地中几位地位显赫的女士（总督阁下的妻子，舰队司令的妻子以及首席法官的妻子）过来跟她安静地喝过一次茶。总督阁下的妻子说总督非常想见她，还说如果她愿意去总督官邸（"当然不是参加派对了，只有我们自己和几位副官！"）吃顿安静的午饭那就太好了。这些女士对待基蒂时的样子就好像她是一件瓷器，既珍贵又脆弱。她不会看不出她们都把她当女英雄看待，她也有足够多的兴致谦虚而审慎地扮演自己的角色。有时候她真希望瓦丁顿也能在那儿，就凭他那股坏坏的机灵劲儿肯定会看到那情景的可笑之处。别人不在场的时候，他俩肯定会大肆嘲笑一番。多萝西收到过他的一封信，他在信中详述了她在修道院献身性的工作、她的勇气以及她的自制力。当然了，他在愚弄她们上面很有一套。这个"卑鄙的家伙"。

Chapter 75

　　基蒂不知道是赶巧了，还是他故意为之，她发现她跟查理片刻单独相处的工夫也没有。他太老练了，仍那么友好、有同情心、愉快、和蔼可亲地对待基蒂。没人会猜到他俩以前的关系可不是认识这么简单的。然而一天下午，她正躺在房间外面的沙发上看书，他却从走廊上走过来，停下了。

　　"你在看什么？"他问。

　　"一本书。"

　　她瞧了他一眼，目光中露着讥讽。他微笑了起来。

　　"多萝西去总督官邸参加花园招待会了。"

　　"我知道。你怎么没一块儿去？"

　　"我觉得那种场面我应付不了，因此便想回来陪陪你。车子就在外头，你想去绕着岛兜兜风吗？"

　　"不了，谢谢。"

　　他在她躺着的沙发的一角上坐了下来。

"自从你来这儿，咱们还没有机会聊过天呢。"

她直盯着他的眼睛，眼神中透露着冷酷和傲慢。

"你觉得咱们之间有说的吗？"

"很多。"

她挪了挪脚，为的是不碰到他。

"你还在生我的气吗？"他问，一丝微笑浮现在他的嘴唇上，他的眼神正在变得温柔。

"一点也不。"她笑道。

"要是不再生我的气了，我就觉得你不会笑。"

"你错了。我很瞧不起你，是不会生你的气的。"

他显得很沉稳。

"我觉得你对我太不友好了。好好想想过去，你真的不认为我是对的吗？"

"那是站在你的角度上。"

"现在你算是了解多萝西了，你得承认她人很好，对不？"

"当然了，我会永远感激她的好意的。"

"她是千里挑一的。当时要是我们分开了，那以后我就决不会有片刻的安宁了。跟她玩这种鬼把戏真是太低级了。还有，我得替孩子们考虑，这种事对他们来说极为不利。"

有那么一会儿，她一直在用思索的目光盯着他。她觉得自己完全成了掌控局面的女主人。

"在这儿住的这一个星期，我一直在非常细心地观察你们。我得出了结论，你真的喜欢多萝西。真没想到你能喜欢她。"

"我跟你说过我喜欢她了。我不会做任何让她感到片刻不安的事。她是一个男人所能拥有的最优秀的妻子。"

"你想过没有，你欠她一份忠诚？"

"她眼不见，心就不烦。"他笑道。

她耸了耸肩。

"你可真卑鄙。"

"我也是人。就因为我曾爱你爱得神魂颠倒，你就把我想的这么卑鄙，我不知道这是为什么。知道吗，其实我也不想那样。"

听他这么说，她的心弦轻轻扭曲了一下。

"我成了被嘲笑的对象。"她痛苦地答道。

"事实上，我没有料到咱们竟会陷入这么糟糕的境地。"

"不管怎样，当初你的心里精明着呢，无论谁遭了罪，那个人也不会是你。"

"我觉得你这么说太过分了。不管怎样，现在这事已经过去了。你应该明白，为了咱们俩我尽了最大努力。你失去了理智，我却保持了理智，为此你应该感到庆幸才对。如果我照你说的做了，你觉得这事就能成吗？当初咱俩都是热锅上的蚂蚁，样子很狼狈，如果转而跳进火坑，那就有咱俩好看的了。况且你也没受到任何损害。为什么咱们不吻一下对方，交个朋友呢？"

她差点大笑起来。

"你可不能指望我忘了当初，当初你可是良心上没有感到一丝不安就把我往火坑里推。"

"哦，简直是胡说！我跟你说了，要是预防得当就没有危险。要是我不确定这一点，你觉得会让你离开吗？"

"你确定是因为你想。你就是那种懦夫，只考虑对自己有益的事。"

"好吧，布丁好不好吃，尝了才知道。你回来了，如果你不介意我说句客观的话的话，你这次回来比以前更漂亮了。"

"那沃尔特呢？"

查理微笑起来，他忍不住说出了出现在脑子里的诙谐的回答。

"你穿什么衣服都没有穿黑衣服好看。"

她睁大眼睛看了他一会儿，泪水涌上她的眼眶，她开始哭起来。她那张漂亮的脸因为悲伤变得扭曲。她不想掩盖自己的悲伤，只是躺在沙发上，双手摊放在身体两侧。

"看在上帝的分儿上，别那么哭。我没想要说刻薄的话，我只是开了个玩笑，我是多么理解你的丧夫之痛。"

"哦，闭上你那张臭嘴。"

"只要能让沃尔特复活，我愿意放弃任何东西。"

"他是因为你和我才死的。"

他拉过她的手，她却一把拽了回来。

"请离我远点儿，"她抽噎着说，"此刻你能为我做的就这一件事。我恨你，鄙视你。一个沃尔特能抵上十个你。我真是个大傻瓜，竟没有发现这一点。走开！走开！"

她看到他还想继续说，便站起身进了自己的房间。他跟着她。她一进屋便小心谨慎地把百叶窗拉了下来，这样他俩就几乎处于黑暗之中了。

"我不能就这么放你走，"他说着便一把抱住了她，"你知道我不是故意要伤害你的。"

"别碰我！看在上帝的分儿上，赶紧走！走开！"

她想挣脱，可他不放手。此刻，她正在歇斯底里地哭泣。

"亲爱的，你难道不知道我一直在爱着你吗？"他用醇厚而迷人的嗓音说道，"我比以前更爱你了。"

"净说鬼话！放开我！该死的，放开我！"

"别对我这么无情，基蒂。我知道在你眼中，我就是个畜生，可是请你原谅我。"

她的身体在颤抖，她在哭泣，她在挣扎着摆脱他，可不知为何，他的胳膊的挤压却让她感到安慰。她是那么渴望这双胳膊再抱她一次，就一次。她的整个身体都在发抖。她觉得虚弱极了。似乎她的骨头正在变软，对沃尔特的悲伤转为了自怜。

"哦，你怎么能对我这么无情？"她抽泣着说，"你难道不知道过去我曾全心爱着你吗？没人像我那样爱过你。"

"亲爱的。"

他开始吻她。

"不！不！"她喊道。

他摸索她的脸，她却将头扭向一旁。他摸索她的唇，她不知道他正在说什么，反正都是不成句的情话。他抱她抱得这么紧，让她觉得自己就像个迷路的孩子，如今终于安全到家了。她微微呻吟着。她的眼睛闭上了，脸上被泪水浸湿了。然后，他终于找到了她的唇，他的唇贴上来的时候，像上帝的火焰烧遍了她的整个身体。那是一种幻觉，她似乎变成一把燃烧殆尽的火炬，周身光辉四射，好像飞升幻化了一般。在她的梦中，她体会过这种欣喜若狂的感觉。他现在正在对她做什么？她不知道。她早已不是个女人了，她的存在已经分解了，除了欲望，她早已什么都不是了。他抱起她，她的脚离了地。被他抱着，她的身体是那么轻。他抱着她，她紧紧搂着他，满怀渴望和爱恋。她的头在枕头上陷了下去，他的唇跟她的黏在了一起。

Chapter 76

她坐在床边，双手掩面。

"要不要来杯水？"

她摇了摇头。他走到盥洗盆那儿，在漱口杯里灌满水，给她拿过来。

"来吧，喝点水，你就会感觉好些的。"

他把杯子递到她唇边，她抿了一口。然后，她用惊恐的目光注视着他。他正低头俯视着她，眼里闪着自鸣得意的光。

"嗯，现在你还觉得我是个卑鄙小人吗？"他问。

她低下了头。

"是。但我知道自己一点儿都不比你强。呃，我太惭愧了。"

"嗯，看来你还真是不领情。"

"现在你可以走了吗？"

"说实话，我觉得时间差不多了。趁多萝西还没回来，我得赶紧走，并把自己收拾一下。"

他迈着轻快的步子出了屋子。

基蒂坐了一会儿，还是在床边。她的背弓着，就像一个傻瓜。她的脑子里一片空白。一阵颤抖袭过她的身体。她摇摇晃晃着站起来，走到梳妆台前，瘫坐在椅子里。她注视着镜中的自己。她的眼睛哭肿了，脸哭花了，一侧的脸颊上有个红印，他的脸蹭过来时留下的。她惊恐地看着自己，还是以前那张脸，她原本期望会在里面看到一张不再堕落的脸。

"猪，"她朝镜子里的自己骂道，"真是猪！"

然后，她让自己的脸伏在胳膊上，痛哭起来。耻辱！耻辱！她不知道自己这是怎么了。太可怕了。她恨他，也恨自己。那种欣喜若狂的感觉。哦，真可恨！她再也不能无所畏惧地面对他了。他说得太对了。他没娶她，算是做对了，她太贱了。她简直就是个妓女！哦，连妓女都不如！那些可怜的女人出卖自己还是为了换口吃的。还有可怜的多萝西，在她伤心、孤立无援时多萝西领她进了这栋房子。她的肩膀随着抽噎抖动着。如今一切都完了。她本以为自己变了，变得坚强了，回到香港时已成了一个能够掌控自己的女人。当时，无数的新想法就像阳光下的黄色的小蝴蝶围着她的心轻快地飞舞，她本希望未来会变得无比美好。自由就像圣灵的荣光召唤着她，世界就像广阔的平原任她昂首漫步。她本以为自己已经摆脱了肉欲和肮脏的情欲的控制，灵魂已经变得洁净。她曾把自己比作黄昏时分悠闲地飞过稻田的白鹭，如今它们就像安息在头脑中的翩翩思绪，而她已成了一个奴隶。懦弱！懦弱！没希望了，试也没用了，她就是一个荡妇。

她不想去吃晚饭。她派男仆告诉多萝西她有些头痛，想待在自己的房间里。多萝西进来以后，看到她那红肿的眼睛，便跟她闲聊了一会儿，语气还是那么温柔，充满怜悯。基蒂知道多萝西以为她一直在为沃尔特的死哭泣，所以她便像个善良、充满爱心的妻子那样对她表示了同情，并对这种合乎情理的悲伤表示了尊敬。

"我知道这很难，亲爱的。"离开基蒂时她说，"不过你一定要拿出勇气来。我确信你那亲爱的丈夫也不希望你为他伤心难过。"

Chapter 77

　　第二天早晨，基蒂很早就起来了，她给多萝西留了张便条，说自己出去有事，便搭乘有轨电车下了山。她穿过挤满了汽车、人力车和轿子的街道，挤过混杂着欧洲人和中国人的人群，到了半岛东方轮船公司的办公区。两天后有艘船起航，那是出港的第一艘船，她已打定了主意，不论付出怎样的代价也要上去离开这里。办事员告诉她铺位都订出去了，她便要求见代理人。她把名字递了进去，这位跟她有过一面之缘的代理人亲自出来，把她迎进了自己的办公室。他知道她的故事，她把自己的愿望跟他说了，他便让人把乘客名单送了进来。但这份名单让他有些犯难。

　　"我求你竭尽所能帮助我。"她恳求他。

　　"我觉得在殖民地找不到不愿为您效劳的人，费恩太太。"他答道。

　　他派人把一位办事员叫了进来，做了一番询问，然后点了点头。

　　"我准备调换掉一两个人。我知道您想回家，我觉得我们都应该竭尽所能为您效劳。我给您一间单独的小客舱。我希望您能喜欢。"

她对他表达了谢意，然后兴高采烈地离开了。远走高飞！这是她唯一的想法。远走高飞！她发了封电报给她的父亲，宣布了她即将回家的消息。之前她给他发过电报，通报了沃尔特的死讯。她又回到汤森夫妇家，把自己的做法跟多萝西说了。

"失去你对我们而言将是一个莫大的遗憾。"这位好心人说，"不过当然了，我理解你很想跟你的父母待在一起。"

回到香港以后，基蒂每天都在犹豫，要不要回她的房子那儿。她不敢再踏进那房子一步，直面满屋子的回忆。可现在她没别的选择了。汤森已经把卖家具的事办妥了，并找到了一位急于把房子租下来的人，但她和沃尔特的全部衣物还在那儿呢。他们去湄潭府的时候几乎没带什么穿的，还有那些书籍、照片，以及各种杂物。基蒂对一切都不关心了，并且急于跟过去一刀两断。她知道，如果她任由这些什物以及余下的那些东西被送进拍卖行，将会极大刺痛殖民地上流社会那敏感的神经。说不定，他们会将这些东西打包寄给她。因此吃过午饭，她便去了那房子。一直在渴望为她提供帮助的多萝西，主动提出来陪她一块儿去，但在基蒂再三推辞下，最终同意让多萝西的两个男仆同去，帮着整理东西。

房子由管家照管着，他为基蒂开了门。走进自己家的房子，基蒂有种奇怪的感觉，似乎她是个陌生人。房子收拾得干净利落，一切东西都在原来的位置，随时等着她取用。尽管阳光和煦，很暖和，可寂静的屋子里却有着一种寒冷、凄凉的气氛。家具严格地摆放着，跟原来所处的位置一模一样，盛花的那些花瓶也在原来的位置上。基蒂不知道什么时候面朝下放着的那些书，也仍旧面朝下放着。基蒂觉得他们似乎只离开了一分钟，然而这一分钟像永恒一样漫长，从而让你无法想象欢声笑语会再次充满这房子。钢琴上放着一份打开的狐步舞曲乐谱，似乎在等着别人弹，可你却有一种感觉，即便是按上面的键，也不会有声音发出来。沃尔特的房间还跟以前他在那儿住的时候一样整洁。箱柜上摆放着基蒂的两张大幅照片，一张是穿着舞会礼服的照片，一张是婚纱照。

　　男仆从储藏室搬来几个装衣服的大箱子，基蒂则站在一旁看着他们分拣物件。他们装得又快又利落。基蒂觉得两天的时间很容易就能把一切收拾停当。她决不能让自己思前想后，她没空这么做。突然，她听到身后有脚步声，回头一看，原来是查尔斯·汤森。她的心里一紧。

　　"你来干什么？"她问。

　　"能去你的起居室一下吗？我有点事跟你说。"

　　"我很忙。"

　　"我就耽误你五分钟。"

　　她没再说什么，跟男仆交代了一句，让他们接着干，就先于查尔斯进了隔壁的房间。她没坐下，为的是叫他明白她不希望他耽误她的时间。她知道她的脸色很苍白，心跳得很厉害，可她还是在眼神中露着敌意冷酷地面对着他。

　　"你有什么事儿？"

　　"我刚从多萝西那儿得到消息，说你后天就走。她告诉我你到这儿来收拾东西，便让我打电话给你，看看有什么能为你做的。"

　　"非常感谢你的好意，但这点事儿我自己完全可以应付。"

"我也是这么想的。我到这儿来不是为这个。我是来问你，你的突然离去是否跟昨天发生的事有关。"

"你跟多萝西一直对我很好。我不想让你们觉得我正在利用你们的善良。"

"答非所问。"

"这跟你有什么关系？"

"关系大了。我不想让自己觉得是我做的某些事把你赶跑了。"

她的目光垂了下去。她的身旁是一张桌子，她的目光就落在桌上的那份《每日摘要》上。那都是几个月前的报纸了，正是那个可怕的晚上沃尔特一直在盯着看的那份报纸。当时——如今沃尔特……她把头抬了起来。

"我觉得自己彻底堕落了。你对我的鄙视不可能赶得上我对自己的鄙视。"

"可我并不鄙视你。我昨天说的每一个字都是认真的。你就这样匆匆逃掉又有什么用？我真搞不懂，为什么我们就不能成为朋友？你觉得我对你很残忍，我不希望你这么看我。"

"你为什么就不能让我一个人待一会儿？"

"真该死，我既不是木头也不是石头。这事儿你这么看真是太不明智了，你是在钻死胡同。昨天之后，我以为你会对我好些呢。毕竟咱们都是人。"

"我觉得自己不像人。我觉得自己像动物，猪、兔子，或是狗。哦，我不怪你，我跟你一样坏。我屈服于你，是因为我需要你，但那不是真正的我。我不是那个可恨、讨厌、淫荡的女人。在我的丈夫尸骨未寒的时候，在你的妻子还对我那么好的时候，对我好得难以形容的时候——那个躺在那张床上对你充满渴求的人不是我，那只是我身体里的野兽，像恶魔那样邪恶恐怖的野兽。我唾弃它、憎恨它、鄙视它。从此以后，一想起它，我都觉得恶心，想吐！"

他微微皱了皱眉，不自然地笑了笑。

"好吧，我可是心胸很开阔的人，不过有的时候你说的某些事着实让我感到震惊。"

"要是那样的话，可真对不起了。你现在最好走吧。你是个卑鄙小人，跟你一本正经地说话让我觉得很可笑。"

他一时间没有做出回应。借着幽暗的光，她从他的蓝眼睛中看出他被激怒了。终于把她打发走了，他肯定会像往常那样老练而礼貌地发出一声如释重负的叹息的。一想到他们握手的时候，他祝她旅途愉快，而她感谢他的殷勤款待时那种礼貌的样子，她就觉得可笑。不过她看到他脸上的表情发生了变化。

"多萝西跟我说你怀孕了。"他说。

她觉得自己的脸骤然变色，却没有做出任何表示。

"是的。"

"我有可能是孩子的父亲吗？"

"不，不。孩子是沃尔特的。"

她忍不住地加重了语气，不过她虽然这么说，心里却清楚这不是一种能叫人信服的语调。

"你确定吗？"此刻他在幸灾乐祸地微笑，"毕竟你跟沃尔特结婚好几年，却连个动静也没有。算起日子来，似乎跟我们见面的那天对得上。我觉得这孩子很有可能是我的，而不是沃尔特的。"

"我宁可自杀也不想怀上你的孩子。"

"哦，得了吧，净说胡话。我觉得很满意，很骄傲。知道吗，我希望是个女孩。我跟多萝西生的都是男孩。你的疑虑持续不了多长时间了，知道吗——我那三个孩子跟我长得简直一模一样。"

他的心情又好起来了，她知道那是为什么。如果这孩子真是他的，即便她可能再也不会见到他了，她也永远无法完全摆脱他。他的魔爪会追随着她，到时候，他仍能隐蔽却确定无疑地控制她生活的每一天。

"你的确是我不幸碰到过的最自大、最愚蠢的混蛋！"她说。

Chapter 78

　　海岸在阳光的照射下闪着亮光，轮廓崎岖而美丽。船驶进马赛港时，一直在欣赏此种风景的基蒂，突然看到了那尊圣母马利亚的雕像。雕像是金黄色的，矗立在圣玛丽教堂顶上，被水手们视为平安的象征。她想起了湄潭府修道院的修女们永远离开故土时的情景，她们跪在甲板上，在祈祷中试图缓解分离时的苦楚，直到这尊雕像慢慢消失在远方，最后成为蓝色天空中的一小团金色的火焰。基蒂也紧握双手，向着冥冥中的神灵祈祷。

　　在漫长而安静的旅途中，她不停在想发生在她身上的那件可怕的事。她搞不懂自己。这件事发生得太过突然。她鄙视查理，从心底鄙视他，可又是什么让她满怀激情地向他那肮脏的拥抱投降的？愤怒填满了她的内心，她觉得自己极其恶心。她觉得她永远都不会忘了这次羞耻。她哭了。不过，随着距离香港越来越远，她发现她正在无意识中失去这种愤恨的清晰性。往事似乎是在另外一个世界中发生的。她就像一个突然发了疯的人，此时正处于恢复阶段，正在为依稀记得的在发疯期间所做的那些荒唐可笑的事感到沮丧和羞愧。不过，正因为她知道那不是真正的自己，所以无论如何她还是有机会请求人们的宽恕的。基蒂觉得一颗宽容的心应该会怜悯她，而不是谴责她。然而当她想到她的自信被击碎到了何等可悲的地步时，又不禁发出了一声叹息。以前，她觉得在她面前展开的这条路又直又好走，现在她却看出来了，这是一条曲折的路，意想不到的困难正在前面等着她。辽阔的印度洋以及大洋之上那凄美的日落让她的心松弛了下来。那个时候，她便觉得自己幻生于另一个国度，在那里她可以自由掌控自己的灵魂。倘若只有经历一番苦战才能让她重新赢得自尊，那好，她就拿出勇气来面对。

　　未来的日子是孤独而艰难的。在塞得港[1]，她收到了母亲写来的一封信，算是对她发出的那封电报的回应。信写得很长，字又大又花哨，她母亲年轻的时候姑娘们学的都是这种字体。不过信中文辞华丽，措辞讲究，让人觉得不真诚。贾斯汀太太对沃尔特的死表达了遗憾，对女儿的悲伤表现出了适当的同情。她担心基蒂的钱不够花，不过当然了，殖民地事务部会给她一笔津贴的。得知基蒂即将返回英国的消息，她觉得很高兴。当然了，她还说基蒂理所应当居住在他们的寓所，直到孩子出生。之后是一些让基蒂必须遵循的孕期的注意事项，以及她妹妹多丽丝生孩子时的各种细节，比如小男孩有多重，他祖父说从未见过这么好看的孩子。多丽丝又怀孕了，全家人都盼着她能再生一个男孩，好让准男爵爵位万无一失地继承下去。

---

[1]塞得港，埃及东北部港口城市，位于苏伊士运河出地中海的北端。

　　基蒂算是看明白了，这封信的要点就在于向她发出了那个迟早也得发出的邀请。她们家的日子过得也不算殷实，贾斯汀太太不想让一个成为寡妇的女儿成为家里的负担。仔细想想也真奇怪，过去她母亲把她视为偶像，如今对她失望了，发现她简直成了一个累赘了。父母和孩子之间的关系有多奇怪啊！孩子小的时候，做父母的溺爱他们，每次孩子生病，都要在担心中捱过痛苦的时刻，孩子也会满怀爱慕地黏着他们。几年过去了，孩子们长大了，对他们的幸福而言，非亲非故的人的重要性反而超过了父母或者儿女。冷漠代替了过去那种盲目、发自本能的爱。他们的见面成了无聊和烦恼的根源。以前一想到分离一个月就感到心烦意乱，现在却能做到心平气和地盼着能分开几年。她的母亲用不着担心，基蒂会尽快创造一个属于自己的家的。不过，她得需要点时间。目前，一切都没个头绪。对于未来，她也没有任何规划。说不定她分娩的时候就会死，这倒是个一了百了的解决办法。

　　等船靠了码头，她又接到了两封信。她惊奇地认出，那是父亲的笔迹。她不记得他曾给她写过信。他并不是一个感情外露的人，信的开头是这么写的：亲爱的基蒂。他告诉她，之所以他替她母亲写这封信，是因为她母亲身体不太舒服，不得不住进一家疗养院做个手术。基蒂没有感到意外，她依然按照原来的打算搭乘轮船去四处转转，因为陆路交通费要贵得多。况且她母亲不在家，她住在哈灵顿街的房子里也不方便。另外一封信是多丽丝写来的，开头写的是"基蒂宝贝儿"。多丽丝之所以这么写，并不是因为她对基蒂有多深厚的感情，而是因为但凡给她认识的人写信，开头都这么写。

基蒂宝贝儿：

我想父亲已经给你写过信了。母亲要做个手术，好像最近这一年她的身体就一直很差。不过你是知道的，她讨厌医生，一直在服用各种各样的偏方。我也搞不懂她这是怎么了，一问她问题，她就极力隐瞒整件事，并大发脾气。她的样子瞧上去糟透了。如果我是你，就在马赛下船，尽快赶回来。不过你可别告诉别人是我跟你说的这件事，因为她还假装自己的身体并无大碍，不想让你回来时见不到她。她已经迫使医生答应她一星期后就出院。

你的至爱

多丽丝

我为沃尔特的死感到非常难过。你肯定度过了一段痛苦的日子，可怜的宝贝儿。我只是很想见到你。真有意思，咱俩都有孩子了。让我们手握着手在一起吧。

基蒂陷入了沉思，她在甲板上站了一会儿。她无法想象自己的母亲会生病。她从不记得见过她不活跃、不刚毅的样子。她总是无法忍受别人闹个小灾小病。这时候，一个服务员走了过来，递给她一封电报。电文如下：

深感遗憾地通知你，你母亲已于今晨去世了。父亲。

Chapter 79

　　基蒂站在位于哈灵顿公园的房子的门口，按响了门铃。她被告知，她的父亲正在书房里，于是她走到书房门前，轻轻推开了门。他正坐在炉火旁读晚报的最后一版。看到她进来，他把报纸放下，吃惊地站了起来。

　　"哦，基蒂，我还以为你会乘下一班火车回来。"

　　"我觉得还是不要麻烦您去接我，所以就没发电报告诉您我什么时候回来。"

　　他把脸颊伸过去让她吻，这种方式她再熟悉不过了。

　　"我正在看报纸，"他说，"最近这两天我一直都没看。"

　　看得出来，他是觉得要是在这种时候还忙于日常琐事，总得需要解释一下。

　　"当然了，"她说，"您肯定累坏了。恐怕母亲的去世对您是一个沉重的打击。"

　　他比她上次见他的时候老了，也瘦了，成了一个满脸皱纹、干巴巴、做事刻板的小个子。

"医生说一点希望也没有了。她得病有一年多了，可就是不肯去看医生。医生告诉我，她肯定时常处于痛苦中。他说她竟能忍受如此剧痛的困扰，简直是个奇迹。"

"她从来没抱怨过吗？"

"她说她不太舒服。不过，她从未抱怨过疼痛。"他停住了，瞧了基蒂一眼，"旅途过后你是不是很累啦？"

"不太累。"

"你想上楼去看她一眼吗？"

"她在家呢？"

"是的，我们把她从疗养院接回来了。"

"好的，我这就去。"

"你想让我陪你一起去吗？"

父亲语调中透露的某种异样的东西，让她赶紧看了他一眼。他的脸稍稍扭向一旁，不想让她看到他的眼睛。基蒂最近学会了一种功夫：精于看穿他人的心思。毕竟，每天她都在运用她那所有的敏锐的感觉，从很随便的一句话或者一个不经意的动作中推测她丈夫脑子里深藏的想法。她马上就明白了她父亲试图掩盖的是什么——是一种解脱，一种发自内心的解脱，把他自己都吓坏了。将近三十年来，他一直是个忠诚的好丈夫，从未说过一句指责妻子的话，而现在他本应该为她悲伤。他做的总是别人希望他做的事。对他来说，眨一下眼或者做出某个最细微的暗示，从而暴露出他此时的感受并不是一位丧妻的丈夫在这种场合下应该有的感受，这种行为简直令人发指。

"不用了，我还是自己去吧。"基蒂说。

她上了楼，走进那间她母亲睡过多年、宽大、冰冷而矫饰的卧室。那些又大又结实的红木家具和那些装饰墙面用的仿照马库斯·斯通[1]的风格所作的木刻画，她记得再清楚不过。梳妆台上的东西严格地摆放着，这是贾斯汀太太毕生坚持的原则。那些花儿似乎不在原来的位置上，贾斯汀太太肯定觉得在卧室里放花容易感染疾病，对健康无益。鲜花散发出的香气也无法把那股刺激性的霉味儿盖住，那是一种刚刚换洗过的亚麻布发出的气味，基蒂记得这是她母亲房间里特有的。

贾斯汀太太在床上躺着，双手交叉放在胸前，脸上透着温顺。她活着的时候是绝对不允许自己做出这样的姿势的。她的五官棱角分明，如今因为患病，双颊陷下去了，太阳穴也凹陷了，不过瞧上去挺漂亮的，甚至可以算得上有几分壮丽。死神已经将她脸上的尖酸刻薄夺走了，只留下了富有人性的容貌。她的模样就像一位罗马女皇。基蒂见过那么多死人，只有这一具能让她想起曾经有灵魂暂住过，这让她觉得奇怪。她感觉不到悲伤，因为她和她母亲之间曾有过那么多的怨恨，她的心里没留下一点儿爱的感觉。回首以前的自己，她知道正是她母亲才让她变成了那个样子。可是当她看到那个冷酷无情、飞扬跋扈、野心勃勃的女人一动不动地躺在那儿，想到她那所有的小志向都被死亡毁了时，心里却有点莫名地同情她。她算计了一辈子，也密谋了一辈子，追求的都是低级无聊的东西。

---

[1] 马库斯·斯通（1840—1921），英国画家，常为查尔斯·狄更斯、安东尼·特罗洛普等名人的作品画插画。

基蒂想知道，她是否有可能在别的星球上惊愕地观看她在尘世间的
轨道。

多丽丝走了进来。

"我估计你会乘这趟火车来。我觉得我必须过来看一眼。多可
怕啊，可怜的亲爱的母亲。"

她号啕大哭着冲进基蒂的怀抱。基蒂吻了她。她知道她母亲
过去曾是多么亏待多丽丝，对多丽丝有多严厉，就因为多丽丝长相
平庸乏味。她想知道多丽丝是否真的像她表现出的那样难过得受不
了。不过，多丽丝一直都是个感情脆弱的人。基蒂希望自己也能挤
出几滴泪，不然多丽丝就该认为她太铁石心肠了。但经历了这么多
事，她也懒得惺惺作态，假装悲伤了。

"你想去看看父亲吗？"等多丽丝哭累了，基蒂问她。

多丽丝擦了擦眼睛。基蒂注意到她妹妹的容貌因为怀孕变圆润
了，在黑衣的衬托下人显得有几分臃肿。

"不，我不想去。去了我会再哭一次的。可怜的老人，他可真
能忍。"

基蒂把妹妹送走之后，便回到了父亲那儿。他正站在壁炉前，
报纸已经整齐地叠好了。他是想让她知道，刚才他没再看报纸。

"我还没换好吃饭的衣服，"他说，"我觉得我一个人就没必
要了。"

Chapter 80

　　他们吃过晚饭，贾斯汀先生向基蒂详细讲述了妻子患病和去世的过程，还跟她说了那些写信来的（他的桌子上放着几堆信，想到回复信件的繁重，他叹了口气）朋友的好意以及他为葬礼所做的筹备工作。然后，他们回到了他的书房。整栋房子只有这间屋子里生着炉火。他机械地从壁炉台上取下烟斗，开始装烟丝，但他马上向女儿问询地望了一眼，又把烟斗放下了。

　　"你不吸烟了吗？"她问。

　　"你母亲吃完饭以后不太喜欢闻烟斗味儿。还有，开战[1]以来我就不抽烟了。"

　　他的回答让基蒂觉得有些心痛。一个六十岁的男人在自己的书房里还要在吸不吸烟这件事上犹豫，这是多么可悲啊。

　　"我喜欢烟斗味儿。"她笑着说。

---

　　[1]　"开战"，此处指第一次世界大战。

一丝宽慰从他的脸上掠过，他再次把烟斗拿起来，点着了。他们面对面分坐在炉火两旁。他觉得他必须跟基蒂谈谈她的不幸。

"我想你收到了你母亲写给你的那封寄往塞得港的信。收到可怜的沃尔特的死讯，我俩都受了沉重打击。我觉得他是个挺不错的小伙子。"

基蒂不知道该说什么。

"你母亲跟我说你就要生孩子了。"

"是的。"

"什么时候生？"

"差不多四个月以后。"

"对你来说，这将是一个莫大的安慰。你一定要去看看多丽丝的孩子，那小家伙儿长得可真可爱。"

他们说话的时候，态度比刚刚碰面的陌生人还要冷漠。假如他们真的是刚刚碰面的陌生人，那么因为陌生，总还会对对方有好奇心，然而父女共同的过去却成了一堵隔在他们中间的冷漠的墙。基蒂心里很清楚，她没有做任何让她父亲喜欢她的事，他在这个家里从来都是多余的人，从来没有得到过重视。他只是一个养家糊口的人，她们都有点儿瞧不起他，因为他无法为家里提供更为优越的物质条件。她曾想当然地认为，既然他是她的父亲，那么他就应该疼爱她。等她发现他心里对她没有一点父女之情时，着实大吃了一惊。她知道她们都烦他，却从未意识到他也很烦她们。他还像以前那样友善、温和，不过她在痛苦中学到的那种可悲的敏锐却让她明白，尽管他很有可能从未向自己坦承这一点，也从来没打算承认，但其实他从心里是讨厌她的。

他的烟斗似乎堵住了，就站起身来，想找个东西捅一捅。或许这是个掩盖他那紧张神经的借口。

"你母亲希望你能一直住在这儿，直到孩子出生。她正打算把你以前住过的那间屋子给你收拾好。"

"我知道了。我在这儿不会打扰您的。"

"呃，我不是这个意思。显而易见，在目前这种情况下，你唯一能去的地方就是你父亲这儿。可实际的情况是，人家刚刚给了我一个巴哈马[1]首席法官的职位，并且我也接受了。"

"哦，父亲，我太高兴了。我真心对您表示祝贺。"

"这份工作来得太晚了，我还没来得及告诉你那可怜的母亲。这个消息肯定会让她心满意足的。"

真是命运弄人啊！贾斯汀太太付出了那么多的努力，耍了那么多的计谋，承受了那么多的羞辱，死的时候却不知道她的抱负（尽管她的野心因为过去的失望变得有所减少），终于实现了。

"下个月初我就坐船走了。当然了，房子我会交给中介公司，家具我打算卖掉。很抱歉不能让你在这儿住，不过要是你想要件家具把屋子布置一下，我是非常乐意送给你的。"

基蒂注视着炉火，心跳得很厉害。她不明白，自己怎么会突然变得这么紧张。最后，她还是强迫自己开了口，声音略微有些颤抖。

"我能跟您一起去吗，父亲？"

----

[1] 巴哈马，西印度群岛中的岛国，由700多岛屿和2400余珊瑚礁组成，于1973年脱离英国独立。

"你？呃，我亲爱的基蒂。"他的脸沉了下去。这样的表达方式以前她常听到，觉得不过是句口头禅罢了，可现在，她才算是平生第一次明白了它所描述的那种节奏的意思。那节奏是那么明显，把她吓了一大跳。"可你的朋友都在这儿，多丽丝也在这儿。我觉得在伦敦租套房子，你会快乐得多。我不太清楚你的经济状况怎么样，不过我倒是很乐意替你支付房租。"

"我的钱足够我生活。"

"我要去的是一个陌生的地方。我对那里的情况一无所知。"

"我早就习惯了陌生的地方。伦敦对我而言再也没有任何意义了。我在这里无法呼吸。"

他闭了会儿眼睛，她觉得他都要哭了。他的脸上显露出极度的痛苦，这让她的心一阵绞痛。她看得没错，他妻子的死让他的心里充满了快慰，如今这个与过去彻底决裂的机会给了他自由。他已经看到一种崭新的生活在他面前铺开。这么多年之后，幸福终于不再是可望不可即了。她隐约看到了折磨了他的心三十年的所有的苦痛。最后，他睁开了眼睛，情不自禁地叹息了一声。

"当然了，如果你想去，我会非常高兴的。"

真可怜啊！那挣扎只持续了一小会儿，他就向他的责任感屈服了。这几个不多的字一出口，就表明他放弃了所有的希望。她从椅子上站起来，走到他身旁，蹲下，握紧他的手。

"不，父亲，您要是不想让我去我就不去了。您已经牺牲得够多了。如果您想一个人去，那就去吧，一刻也不用为我考虑。"

他抽出他的一只手，抚摸着她那漂亮的头发。

"我当然想让你陪我一起去了，亲爱的。毕竟我是你的父亲，你现在是个寡妇，又孤身一人。你想跟我去，我却不让你去，对我来说，这么做太残忍了。"

"但问题就在这儿，不能因为我是您的女儿就强求您做这做那，您什么都不欠我的。"

"哦，我亲爱的孩子。"

"什么都不欠我的。"她激动地重复道，"一想到我们以牺牲您为代价自肥了一辈子，却没给过您任何回报，我的心就沉重难当。恐怕这些年您过得并不幸福。您能让我弥补一点儿过去未尽的责任吗？"

他微微皱了皱眉，显然对她突如其来的情绪感到有些尴尬。

"我不明白你的意思。我对你从未有过任何抱怨。"

"哦，父亲，我经历了这么多的事，太多的不幸。我已经不是离开时的那个基蒂了。尽管我现在依然脆弱，可我觉得我已经不是过去那个卑劣无情的人了。您就不能给我个机会吗？如今在这个世界上我只有您了。您就不能让我试着爱您吗？哦，父亲，我是这么孤独，这么痛苦，我是这么渴望得到您的慈爱。"

她把脸埋在他的腿上，开始哭起来，仿佛心都在破碎。

"哦，我的基蒂，我的小基蒂。"他喃喃道。

她抬起头，伸出胳膊搂住他的脖子。

"哦，父亲，对我好些。让我们彼此友善相待吧。"

他吻了她，是在唇上吻的，就像情人那样，他的脸已被她的泪水浸湿了。

"你当然可以跟我一起去了。"

"您想让我去吗？您真的想让我去吗？"

"是的。"

"我是这么感激您。"

"哦，亲爱的，别跟我说这样的话。这让我觉得很难为情。"

他掏出手帕为她擦干眼泪。他笑了，这种笑容是她以前从未见过的。她再次用胳膊搂住他的脖子。

"我们会有很多好玩的事，亲爱的父亲。您不会想到我们在一起会有多快乐。"

"别忘了你还会有个孩子。"

"让我感到愉快的是，她会听着大海的声音，出生在那儿的广阔蓝天下。"

"你早已确定这会是个女孩了吗？"他的脸上带着那种呆板的淡淡的微笑喃喃道。

"我想要个女孩，因为我想把她养大，不让她犯我犯过的错误。当我回头看过去的那个我，我恨自己，可是我别无选择。我要把我的女儿抚养大，让她成为一个自由、独立的人。把一个孩子带到这个世界上，爱她，养她，不是为了让她将来和哪个男人睡觉，从而让他心甘情愿地为她下半辈子提供吃的、住的，这种事我是不会做的。"

她感觉他的父亲僵住了。这些话显然不是他这样的人应当谈论的，听到这番话从他女儿的嘴里说出来，他惊愕万分。

"就让我坦白这一次，父亲。我愚蠢、缺德、可恨。我已经受到了严厉的惩罚。我决定不让我的女儿沾染这些。我想让她变得勇敢、直率。我想让她成为一个不依赖别人的人，因为她能够掌控自己。我想让她像个自由的人那样对待生活，比我活得更好。"

"哦，我亲爱的，你说的这番话就像个五十岁的人说的。你的人生还未真正开始，可千万不能灰心丧气啊。"

基蒂摇了摇头，微微地笑了。

"我没有灰心。我还有希望和勇气。"

过去已经终结，就让死去的人死去吧。这是否太过无情？她真心希望自己已经学会了怜悯和慈悲。她不知道等待她的是什么样的命运，心中却感觉到了那种不论发生什么都能快乐地接受的力量。然后，突然间，她也不知道是为什么，从她的意识深处浮现出了对他们（她和可怜的沃尔特）走过的那段通向受瘟疫侵蚀的死亡之城的旅程的回忆：那是在一天早晨，天还是黑的，他们就坐着轿子出发了。天破晓的时候，与其说是她看到了不如说是她预知到了一幅令人惊叹的美景，有那么一小会儿，她心中的痛苦减轻了。这美景让所有人类的苦难都变得微不足道了。太阳升起来了，驱散了晨雾，在前方，目光所及之处，她看到了那条他们要走的小路，小路曲曲折折，穿过成片的稻田，跨过一条小河，又穿过了起伏不平的乡下。如果她能沿着眼前这条如今已依稀辨认出的小路朝前走，或许她犯下的那些错误、做的那些蠢事以及承受的那些痛苦，就没有完全白费，这不是那个善良而滑稽的老瓦丁顿说的那条通向虚无的路，而是修道院里头那些可爱的修女如此谦卑地追寻的那条路，是那条通向安宁的路。

（全文完）